KB146094

끝나지 않은 인생길

염규식 수필집

시음사
시사랑음악사랑

삶의 짙은 향기가 오롯이 배인 작가의 진솔한 이야기

　수필을 흔히 '짧은 시간의 긴 만남'이라고 말한다. 짧은 글에 작가 자신의 삶과 자양분인 인생철학을 보여주는 문학이 수필이기 때문이다. 수필은 작가의 자전(自傳)성격이 배어있는 문학이기도 하다. 염규식 작가님의 수필집 『끝나지 않은 인생길』 또한, 염규식 작가님이 살아오면서 겪었던 뭇사람과 숱한 인연과 사연을 솔직 담백하게 담았다. 염규식 작가님의 수필집 『끝나지 않은 인생길』은 작가의 삶이 파노라마처럼 펼쳐진다.

　염규식 수필집 『끝나지 않은 인생길』은 작가의 마음을 열어 보인, 글 속에 담긴 진솔한 이야기가 평이하면서도, 흥미로워 작품마다 짜임새가 있고 작가가 전달하고자 하는 내용이 우리 주변의 삶의 이야기처럼 진솔하게 전해와 안착한다. 수필이란 시, 소설, 희곡과 같이 운율 구성 분야가 아니라 자유로이 쓸 수 있는 문학 분야이다. 작가님의 수필은 삶의 현실에 바탕을 둔 수필로써 누구나 부담 없이 읽을 수 있는 삶의 진솔한 이야기이다. 설정, 소재, 서두, 본론, 결말 등이 과장이 없이 자연스럽게 드러나 화자(話者)가 전하려는 글의 속성이 용이(溶解)하여 수필에서 풍기는 삶의 향기가 그윽하다.

염규식 작가님은 이미 시인으로 정평이 나셨고 중견 시인으로 왕성한 활동을 하고 계시는 분이시다. 이번에 수필로써 또 다른 재능을 선보이며 독자들 곁으로 다가서셨다. 작가의 생각, 감정, 인생관 등을 모두 용해하여 독자의 마음을 끌어내기에 충분한 작품들이다. 염규식 수필집 『끝나지 않은 인생길』은 작가의 인생관이 잘 표출되어 있다. 그리고 수필의 내용이 공감이 가는 주변의 이야기로 구성되어 있어 누구에게나 편안하고 부담감 없이 읽히리라 여겨진다.

수필집 『끝나지 않은 인생길』은 작가의 경험과 시각(視角)으로 바라본 우리 주변의 살아가는 이야기가 담긴 자전적(自傳的)성격을 띠는 수필집이다. 삶의 짙은 향기가 오롯이 배인 염규식 작가의 수필집에 독자(讀者)도 동화(同化)되리라 믿어 의심치 않는다. 염규식 작가님의 수필집 『끝나지 않은 인생길』 상재(上梓)를 염규식 시인, 수필가를 사랑하는 독자의 한사람으로서 기쁜 마음으로 축하하며 염규식 수필집 『끝나지 않은 인생길』을 독자들께 추천해 드린다.

(사)창착문학예술인협의회 부이사장 **주응규**

인생은 왕도가 없다

이 책 속에 수록된 글들은 결코 평탄한 삶을 살지 못한 부족한 사람이 지난 세월을 되돌아보며 느끼고 아파하며 한 자씩 적어 본 것이다. 살면서 삶의 주위를 스쳐 간 여러 인연을 생각하며 살아온 과정에서 실력도 명예도 부도 가지지 못한 한 사내가 별도의 문학 수업도 없이 그냥 써 본 것이다. 삶의 에피소드를 회한과 반성으로 쓴 것으로써 나의 무능력이나 나의 자아에 대한 위선을 감싸기 위함이 아니다.

다만 삶의 뒤안길에서 수없이 부딪히며 깨어지고, 울며 아파하며, 고민하였던 이야기를 통해 분노와 아픔으로 성숙되어지는 자신을 되돌아보는 성찰을 기본으로 한 페이지씩 채워 나갔습니다. 마냥 쓰는 것 좋아 한 자씩 채워 나가지만 부끄러움이 앞서고 때론 나 자신이 많은 사람에게 발가벗기는 것 같아서 송구스럽고 죄송스러움이 앞서지만 이제 살아온 날보다 남은 날이 적음에 용기를 내어 몇 자 적었습니다.

과거가 있다면 오늘이 있고 오늘이 있으면 내일과 미래가 있듯이 우리네 인생의 삶도 스쳐 지나는 과정 속에 단단해지고 예쁜 조약돌처럼 변하는 것이 아닌가 합니다. 우리 같은 평범한 사람이 쉽게 즉응할 수 없지만, 인생은 왕도가 없듯이 어차피 우리네 인생은 한번 스쳐간 길은 다시 되돌릴 수 없다면 앞서간 선진들의 삶과 인생이 들어있는 귀한 책들을 통해 좀 더 인생의 왕도로 가는 길을 일부분이라도 알 수 있지 않겠나 하고 생각을 해 본다.

또한 허구가 아닌 일상 속에 간결이 표현된 글이라면 더욱 개인의 삶에 조금이라도 삶의 청량제가 되지 않을까 하는 생각을 가져봅니다. 먼 인생길을 돌고 돌아 여기까지 오면서 좀 더 인간적으로 진실 되고 진지하게 내 인생을 그려 볼까 하는 생각으로 노력하면서도 너무 부족함이 많은 것을 느낀다. 인생은 나그네라고 하는데 사실적으로 나그네의 속성은 100%의 나의 의지로의 행보가 없다. 나그네의 의지와 상관없이 가는 길과 남이 가지 않은 길, 누구나 가는 길, 한 번도 가보지 않은 길로 때로는 우리네 인생의 의지와 상관없이 새로운 길로 내맡겨지기도 하는데 다만 넓고 넓은 우주 공간 중의 작은 테두리에서 현실에 존재하는 필자가 가진 작은 의지와 열정을 가지고 최선을 다한다면, 작은 소망 하나라도 세상에 존재하는 현실의 나를 통한 작은 흔적만이라도 남겨 보는 것도 나의 욕심일까 생각해 본다.

구체적으로 작가나 시인이 되고 싶다고 꿈꾸어 본 적이 없고 다만 글을 쓰고 싶어 쓸 뿐이고 그래서 하나 둘 모인 것을 출간하게 되었으니 부끄럽기가 하량없습니다.

나 자신의 병들고 부족한 자의식을 숨기고자 함이 아니라 그냥 쓰고 싶을 뿐이었습니다. 어차피 인생의 주인은 우리 자신이고 달리다 쓰러지는 것이 두려워 달리지 않을 수 없듯이 우리 인생은 자신 스스로가 할 수 있는 상황까지 개척하며 실패도 하고 울기도 웃기도 하며 누구에게나 주어진 한 번뿐인 인생을 좀 더 왕도를 찾기에 노력하는 삶을 살아야 한다고 생각해 본다.

글도 짧고 경륜도 부족한 제가 인생의 왕도에 대해 이야기하는 것이 우습지만 이 수필을 통해서 인생은 과연 왕도가 없는 것일까 있다면 무엇이 인생의 왕도인 것인가 필자는 이 수필을 통해서 감히 말하고 싶습니다. "인생의 왕도는 없다"라고 저마다 수많은 사람들의 인생의 가치관이 다르겠지만,

다만 인간이라면 어떻게 사는 것이 인간답게 사는 것인지 부모님의 사랑으로 태어난 한 번뿐인 인생을 말 그대로 인간답게 사는 것이 인생의 왕도로 한 걸음씩 나아가는 것이 아닐까 생각합니다. 수필은 작가를 가장 솔직하게 나타내는 문학이지만 부족한 사람의 글은 문학의 맛이나 특별한 이념을 제시하는 것보다 그저 세상 사는 삶의 기본을 일깨우는 정도와 삶의 매 순간의 감성과 이성 사이에서 생기는 사건 속에서 삶을 재조명하면서 좀 더 인간다운 삶이 무엇인가에 초점을 맞추어 봅니다.

▪ 목차

인생은 왕도가 없다 / 4

제 1 부 교사가 꿈인 소년

부모의 사랑 / 11

삶의 4계절 / 20

잃어버린 세월 / 29

아픔 속에 꿈을 접다. / 38

인생 계획표 / 44

제 2 부 고통속의 성장

버려야 할 혈기 / 49

삶의 전장에서 / 51

포기하고 싶을 때 / 54

삶의 밑바닥에서 / 56

정상에 가기 위한 몸부림 / 60

제 3 부 내일을 위해

방 황 / 65

가을저녁 산책 / 68

내일을 위해 / 72

교육은 무엇인가 / 73

전당포 이야기 / 76

제 4 부 그늘진 인생

레미제라블을 보면서 / 81

감사노트 / 85

삶의 방정식 / 88

그리운 사람 / 91

제 5 부 젊음의 회상

가슴 한 쪽 서린 날 / 97

믿음이 사라질 때 / 99

무정한 세월 / 101

세월에 작아지는 나 / 105

저무는 가을에 / 108

제 6 부 아름다운 마무리

희망은 삶의 반려자 / 113

삶이란 / 115

행복을 찾기엔~ / 118

엄마 생각 / 121

가을을 보내며 / 125

제 7 부 사노라면

행복지수 / 129

리더의 조건 / 132

개 이별 / 135

내가 원하는 삶 / 139

세상은 삶의 훈련장 / 143

제 8 부 머물고 싶은 순간들

그림자 / 147

그리운 밥상 / 149

혼자 가는 길 / 152

무릎으로 / 155

제 1 부 교사가 꿈인 소년

부모의 사랑

계절이 바뀌면서 일 년에 두 번씩은 방학이 시작되고 어린 학생들이 가장 좋아하는 여름과 겨울의 방학 시즌이 돌아온다. 우리네 어린 시절의 방학은 정상적인 방학생활을 하려면 사실상 놀 시간이 별로 없다. 그러나 숙제는 뒷전이고 실컷 산이나 들로 뛰어다니다 보면 개학하는 날짜가 다가오면 밀린 방학숙제를 마치기 위해 며칠을 날밤 새며 고생하였어도 지금 학생들처럼 빡빡한 방학생활은 아니었다.

개구리도 잡고 여치도 잡고 자연과 하나가 되어 꿈과 웅지를 펼칠 수 있어 좋았다. 지금의 아이들은 그런 면에서 볼 때에 참으로 불행하고 가여운 생각이 든다. 늘 성적 때문에 학원과 공부에만 시달리다 보면 어린 시절의 귀한 추억도 없을 것이다.

오래전에 서울 출장을 다녀오면서 지하철에서 어린아이

하나를 데리고 구걸하는 50대 후반의 남자를 보았다. 아버지는 다리를 절고 아이는 그런대로 구걸 행색의 차림은 아니었다. 그런데 다음 역을 지나서 단속요원이 들어올 때 급히 피하다가 팔려고 했던 껌과 안내 종이의 호소문 등이 와르르 쏟아지고 말았다. 안타까운 심정으로 쳐다볼 때 물품을 줍기 위해 아이가 넘어지고 소지품과 동전 등이 떨어졌는데 쓰러진 아들을 먼저 안아 일으키면서 누런 이빨로 웃는 아버지의 사랑이 비록 지하철에서 구걸하는 아버지라도 아들을 아끼는 아버지를 보면서 소년에게 부러움이 느껴졌다.

필자는 어려서 아버지를 여의고 아버지의 사랑을 받아 보지 못했다. 지금은 고인이 되신 어머니께선 스물여섯의 고운 청춘에 우리 삼 남매를 홀로 키우셨다. 막내인 나는 늘 아버지의 사랑에 대한 그리움과 원망이 가슴속에 흐르고 있었다.

내가 여섯 살 때 이야기다. 예전엔 셋방살이라는 말이 있다. 지금은 임대보증금을 내고 당당히 주인 행세를 하고 살지만 예전에는 집주인인 큰방 주인과 셋방에 사는 사람들의 격차가 클뿐더러 셋방살이 설움의 아픔이 많았다. 아마 이러한 사유로 젊은 신세대들을 제외한 중년층들의 주택에 대한 소유 개념이 강하지 않나 싶다.

하루는 내 또래의 집주인 아들과 같이 놀면서 사소한 일로 다툼이 생겨 싸움이 벌어져 큰방 집 주인 아저씨와 아줌마까지 나와서 자기 아들을 두둔하며 같이 서로 싸웠는데도 나만 나무라셨다. 어머닌 아무 말씀 안 하시고 나를 방으로 데리고 가서 회초리로 수없이 종아리를 때리신다. 나는 또 없는 아버지를 원망하며 한없이 울었다. 당시의 어린 나의 마음의 아픔이 얼마나 큰지 글을 쓰는 지금도 필자의 눈에는 눈물이 맺히고 가슴이 답답해온다. 그때의 내 마음은 아무 잘못도 없는데, 가난한 셋방살이와 아버지가 없다는 이유만으로 또 매를 맞는구나 하고 생각했다. 당신의 마음이 얼마나 고통스러웠는지 알지 못했다. 당신께선 같이 울면서 마침내 어린 아들을 때리시던 회초리를 던지신다. 그리고 어린 나를 안고 하염없이 우신다.

며칠 후 어머니와 우리 가족은 다른 집으로 이사를 간다. 잘못 없는 막내를 때리신 세상에 대한 무언의 항의를 하신 것이 아닌가 생각한다. 사랑하는 귀한 막내에게 회초리를 든 당신의 아픔과 어린 나의 아픔이 어찌 같을 수가 있으련마는, 어린 내 가슴은 항상 아버지 없는 설움에 항상 손해를 보고 상처를 받았다. 아버지 없이 자란 자식이란 소리 듣지 않게 하시려고 무던히 애쓰신 당신의 아픔이 지금도 가슴이 저려온다. 그 보고 싶은 어머님이 지금은 이 세상에 안 계신다.

참으로 세상은 요지경이다 요즘처럼 각박한 세상에 인간관계가 아무리 복잡해도 부모가 자식을 사랑하는 마음은 빈부귀천을 불구하고 변함이 없어야 한다. 그러나 이제 그 부모님의 사랑도 형제애도 부모에 대한 공경과 애정도 메말라

가는 시대인 것 같다. 세상의 모든 것이 다 변해도 부모와 자식의 사랑만은 변하지 않았으면 좋으련만 며칠 전에도 엄마가 보고 싶어 산소를 다녀왔다. 늦게 철든 못난 자식이 오는지 가는지 아시기나 할까? 살아생전 걱정만 끼치던 사랑하는 자식이 왔는데도 아무 말씀이 없으시다.

요즘 젊은 부부들은 원하는 시간, 편한 시간에 맞추어 제왕절개 수술을 하고 모유보다 우유를 더 선호하고 각종 이유식으로 자녀를 키우는 것을 보면서 과연 우리네 부모들처럼 자녀를 사랑할 수 있을까 생각해 본다. 작은방에 온 식구가 한 이불을 덮고 서로 발 장난을 치며 살아온 형제애를 비교해 볼 때 이 시대의 부모의 사랑은 한두 명만 낳아서 양육이 아닌 목적을 위해 사육하는 느낌이 든다.

살아생전 늘 걱정만 끼치고 불효한 내가 무슨 부모님의 사랑과 자녀교육을 논할 자격이 있겠냐마는 이제 세상도 많이 변했다. 가족의 개념은 핵가족으로 변한 지 오래됐고 이젠 아예 자녀를 낳지 않고 자신의 인생만을 위해 사는 물질만능시대를 보면 우리네 부모님들의 자녀 사랑이 한없이 그리워진다.

요즘 세상 모양을 보면 예전에 한글도 잘 모르는 무식한 부모님이라도 사람 사는 바른길을 가르치며 인간의 근본을 가르치는 우리네 부모님들이 훨씬 자랑스럽지 아니한가? 남을 해코지 않고 남의 입에 오르내리지 않게 모진 욕을 먹지 않고 성실히 살게끔 교육하신 그 엄마가 너무 그리워 가슴이 새로이 젖어온다.

흔히 우리 세대를 마지막 효도하는 세대요. 그리고 처음으로 자녀에게 배신당하는 세대라고 극단적으로 말하는 사람도 많다. 조금은 포장된 말일지라도 전혀 틀린 말이 아닌 것 같다. 사실상 현재 우리나라의 가족 개념은 최근 급격히 변하고 있는 실정이다.

유교적인 가부장 제도가 바뀌고 호주 제도의 변경 등 하루가 다르게 가족관계의 개념이 달라지고 있음은 부인할 수가 없다. 현실은 권위 있는 아버지나 엄하게 가르치시는 선생님보다 자상하고 이해심 많은 부모와 교사를 원하는 세상이 되고 부모와 자녀의 관계도 자식이 부모의 마음을 헤아리기보다 부모가 자식의 눈치를 보며 관심을 가져야 하는 세대인 것만큼은 사실인 것이다.

나는 아버지 없이 어머니의 슬하에서 너무 엄하게 자랐기 때문에 고등교육을 받을 때까지 발표력이 없었다. 모든 면에서 주눅이 들기 일쑤였고 나약하게 키워졌다. 모든 자녀는 어머니의 사랑으로부터 이해심과 사랑을 배우고 아버지로부터 용기와 도전정신을 배워 세상을 개척해야 하는데 나는 어머니의 사랑은 이 세상의 누구보다 많이 받았으나 어머니가 주지 못하는 아버지의 깊은 사랑은 받지 못했다.

부모의 사랑

아버지가 자녀에게 가르치는 세상에 대한 도전의식과 용기는 나 스스로 세상과의 분노와 슬픔으로 배워 나갔기 때문에 때론 너무 치우쳐 직설적인 면도 있으나 이제 불혹을 넘어 오십을 넘기고 육십을 넘기니 많이 다듬어진 편이다.

내가 살아온 인생을 아직은 평가할 수는 없어도 적어도 못난 자식 위해 새벽잠을 설치시며 기도하신 어머님의 가르침에는 크게 벗어나 삶은 아닌 것 같다. 이 시대의 우리 아버지는 아내에게 자식에게도 위로 받거나 큰소리도 말고 그저 현실을 직시하고 과거에 집착하지 말고 미래를 보며 지금 이 시간을 소중히 여기며 자신 있게 살라고 말하고 싶다.

나는 아이들에게도 출세해서 집안을 빛내라 그리고 효도해라 강요하고 싶지 않다. 다만 바른 가치관을 가진 열정과 남을 배려하는 마음으로 살아주었으면 더 바랄 것이 없다. 항상 어린 나를 앉혀놓고 하신 어머님의 말씀이다. 한 자식은 늘 나에게 걱정과 아쉬움만 남기고 한 자식은 열심과 열정이 남달라 한편 뿌듯한 마음도 있지만 아버지로서 주지 못한 사랑에 늘 죄책감이 가슴에 남아 있다.

어린 아들의 피가 맺힌 종아리를 보시며 좋은 집안에서 태어나지 않고 이 못난 부모한테 태어나서 고생이냐며 우시던 당신의 마음이 지금 나의 마음인가 싶다. 때론 못난 아버지의 버리지 못한 꿈 때문에 지금도 힘들어하는 아이들에게는 말할 수 없는 슬픔으로 가슴이 젖는다. 하지만 변명도 숨

김도 싫다. 굳이 변명을 하자면 나의 살아온 삶이 그렇듯이 이 못난 아버지에게도 너희들이 결코 세상에 내놓아도 부끄럽지 않은 꿈을 위해 살기 때문이라고 변명하고 싶다. 다만 나 자신이 아버지란 사실이 슬프게 느껴지는 것이 사실이다.

어린 시절의 꿈은 선생님이 되는 것이었다. 그러나 세상은 날 그쪽으로 인도하지 않았다. 그 꿈은 예전에 사라졌고 늘 나는 새로운 곳에 도전해왔고 그렇게 살아왔다. 나의 의지로 그리고 나의 열정으로 살아온 인생이지만 남은 인생 조그만 흔적이라도 남기고 싶은 아버지의 마음을 아이들이 꼭 이해해 주기를 바라지는 않지만 조금만 아주 조금만이라도 알아준다면 그동안의 나의 삶이 조금은 덜 외롭지 않나 생각해 본다.

이제 삶의 황혼을 바라보는 내가 자식들에게 해주고 싶은 말이 있다. 나는 사춘기도, 젊음에 대한 자유도 누리질 못했다. 그리고 젊음에 대한 내놓을 만한 추억도 없다. 그래서 내 아이들에게는 무엇이 원칙이고 어떠한 것이 삶의 정도인지 알 수 없지만 목표에 대한 열정과 의지와 타인에 대한 배려만 지키는 선이라면 얼마든지 젊음을 마음껏 누리라고 하고 싶다.

나의 젊은 시절은 배가 고팠고, 목표를 위해 앞만 보고 살아온 지난 삶이 결코 후회하는 삶은 아니었지만 젊을 때는 느끼지 못했던 아쉬움이 이제 새삼 생각하니 천년만년 살 줄 알고 뛰어온 나의 삶이 인생은 유한하다는 것을 알았을 쯤 아이들에게는 이상과 목표도 중요하지만, 삶의 기쁨과 하고 싶은 것을 하면서 실패도 해보며 세상에서 터지며 깨져도 보고 그리고 삶의 맛도 즐기라고 하고 싶다.

이제 나도 젊음은 가고 지난 삶을 되돌아보고 나 때문에 아팠던 사람 그리고 힘들었던 사람들, 이 부족한 사람을 믿고 따라준 많은 고마운 사람들을 위해서라도 나의 삶에 목표를 인생의 즐거움과 인생의 맛을 위해 바꿀 수는 없다. 내가 추구하는 인생의 삶은 내 것이고, 아이들의 삶은 자신들의 인생이니 아비의 삶에 연관 시키지 않을 작정이다.

어차피 인생은 혼자 가는 것이고 때로는 인생의 삶 속에서 걷다가 돌아보니 아무도 없음에 아무도 선뜻 잘 가지 않는 길을 가면서 눈물지으며 지난 길을 아이들에게도 제각기 자신이 개척하고 이룰 인생이 있는데 강요할 수도 없다. 딴 것은 의지와 노력으로 되지만 자식농사는 나의 뜻대로 나의 의지대로 할 수도 그리고 해서도 안 된다고 결정짓고 나니 한 편으로는 서운하지만 마음이 편해온다.

어머니!!

지금은 단지
당신이 보고 싶을 뿐입니다
주시기만 하고 떠난 당신이기에

그 사랑 깊지 못해
가슴속에 그리움에
봄비도 웁니다.

부모의 사랑

삶의 4계절

내가 결혼 후 3년쯤 후의 일이다. 겨울 아침에 조기축구를 하다가 발목을 삔 후에 걸핏하면 다친 그곳이 재발하여 중국인 토박이 침술원에 가서 침을 맞으며 침 맞는 동안 원장님의 귀한 얘기를 들었다. 사계절이 뚜렷한 우리나라가 참 살기가 좋다고 말씀하시면서 기후가 변화되는 봄, 여름, 가을, 겨울의 4계절만 있는 것이 아니라 우리 몸의 인체의 변화도 4계절이 있다고 말씀하신다.

우리 인체는 우리가 알 수 없는 신비로운 것이 있어 우리가 느끼는지도 알 수 없는 상황에서도 자연적으로 4계절의 변화에 맞추어진다고 한다. 예를 들면 생명을 잉태한 산모가 아기를 낳아서 그 아기가 성장하는 것만큼 장년이 되어서도 계속적으로 성장한다면 40세 전후로 거의 인생을 하직한다고 한다.

그리고 계절에 맞추어 우리의 인체는 시키지도 않은 상태에서 기후의 변화에 따라 자동으로 적응하며, 의사의 치료는 병을 고치는 보조역할이지, 사실상 치료를 마무리하는 것은 인체 스스로 하는 것이라고 하셨다. 계절이 바뀔 때 몸 관리를 잘하면 건강과 젊음을 계속 유지할 수 있되, 계절이 바뀔 때 건강관리 소홀로 아프게 되면 신체의 리듬이 깨어져 건강 악화는 물론 10년씩이나 늙어질 수 있다고 하신다.

세월이 흘러 지금에서야 그 말씀을 알 수가 있다. 우리의 몸에 병이 생겨 수술을 한 후에 우리 몸의 세포는 스스로 상처를 아물게 하고 인체의 모든 부족한 곳에 양분과 혈액을 스스로 조정하여 지원한다고 한다. 다시 한 번 새겨들을만한 얘기다. 우리의 삶을 조금만이라도 잠시 자신들의 삶을 돌이켜보면 우리의 삶 속에도 4계절이 있는 것을 알 수가 있다.

나는 어려서부터 소년가장으로 주경야독하며 소년 시절과 청년 시절을 보냈다. 그 시절의 나의 삶은 내가 원하는 삶이 아니라 환경이 나를 주도한 삶으로써 그 힘든 노동과 내가 소망하던 꿈에서 멀어져 가는 현실에서의 마음의 고통에서도 항상 나는 나의 현재 삶의 위치를 점검했다. 한 달 근무 일수가 평균 40일 이상이 되었으니 거의 야근으로 모든 에너지를 쏟아부은 육체로는 학문의 열정도 꿈의 소망도 멀어져 감에 따라 한 달에 한 번은 산에 올라 나의 꿈과 현실이 얼마나 멀어졌는지 혹은 얼마나 다가왔는지 확인하며 자신을 꿈꾸던 소망에서 멀어지지 않으려고 자신을 관리하며 몸 부림치며 살아왔다.

몸이 고되고 힘들어도 미래에 대한 소망과 꿈이 있다면 힘든 것은 잠깐 잠시이다. 우리의 부모님들이 어린 자식을 힘든 사회 환경 속에서 양육하며 살아오실 때 힘만 든다고 생각했다면 자녀들의 양육은 힘들었을 것이다.

우리네 인생의 삶도 4계절이 있다고 생각한다. 그러면 우리의 삶의 봄은 언제이고 겨울은 언제이며 봄과 겨울은 어떻게 알 수가 있을까? 어떻게 생각하면 허무맹랑한 얘기 같고 종교적이나 미신적으로 들릴지 몰라도 수많은 사람들의 살아온 삶의 기준과 그 과정은 달라도 다 같이 공통점은 있다. 난 내가 살아온 삶을 되돌아보면서 느낀 것을 소회하며 돌이켜 볼 때, 우리 인간들의 삶이 자신의 의지와 노력으로 안 되는 우리가 알 수 없는 무엇인가 있는 것 같다.

나 역시 소년의 꿈은 문학과 교사였으나 그 길로 아무리 노력을 해도 전혀 아닌 정반대의 업종에 종사하고 있다. 이 세상의 어느 누가 자신의 바라는 삶을 자신의 의지로 영위할 수 있을까?

그리고 또 하나의 공통점은 모든 사람들의 인생의 삶 속에 고통과 기쁨이 공존하며 아픔도 기쁨도 돌고 돈다는 것이다. 행복과 불행이 동시에 올 수도 있고 행복이 왔다가 또 불행이 이렇게 반복되는 것이 우리네 인생이고 하늘이 무너지는 슬픔에서도 또 하나의 작은 희망으로 새날을 맞이하는 것이 우리 인생인 것을 한편으로 생각하면 만약 조물주가 우리의 인생을 갖고 논데도 화가 나지만 어쩔 수가 없죠, 왜냐면 우린 피조물이니까요. 그런데 저의 경우는 참으로 세월과 비용과 아픔으로 배운 귀한 것이 있다.

우리의 삶의 봄은 언제일까? 그리고 겨울은? 대다수의 사람들의 삶의 흐름이 다 같은 것은 아니지만 어려움에 처한 사람은 계속적인 어려움으로 참으로 그 삶의 혹독한 겨울이 너무도 길 때가 많다. 때마다 찾아오는 기후의 계절은 춥다. 춥다 해도 큰 문제는 아니다. 추우면 옷을 더 입던지 난로 옆에 가든지 추위를 피할 장소를 찾으면 된다. 그러나 삶의 겨울은 더 껴입을 옷도 추위를 피할 장소도 없다. 참으로 그 추위는 당해보지 않은 사람들은 그 추위의 아픔을 모른다. 육체와 정신의 아픔인 혹독한 추위를 이제 지나간 긴 겨울을 보내고 지금에서야 얘기할 수가 있다. 나의 삶의 체험을 통해 지금도 긴 겨울의 아픔에 가슴을 찢는 사람들 그리고 지금 나의 삶이 봄인지, 겨울인지 모르는 사람들에게 작은 조언을 얘기해 주고 싶다.

삶의 겨울이란 놈도 기후의 계절과 마찬가지로 항상 우리에게 다가오기 전에 겨울이 오면 낙엽이 지고 기온이 내려가고 겨울이 오는 것을 알려주듯이 우리에게 자신이 오는 것을

삶의 4계절

넌지시 알려주는 것 같다. 먼저 삶의 겨울이란 놈은 묘하게 도 우리가 쉽게 겨울이 오는지 봄인지 직접적으로 계절을 결 코 알려주지 않는다.

삶의 겨울은 살며시 다가와 먼저 잽을 날린다. 카운터펀 치를 먹이기 전에 가벼운 잽으로 나의 아픈 곳을 찌르고 즐 겨하는 원수처럼 말이다. 예를 들면 나의 지친, 친구 사랑하 는 가족, 사업 등을 통해 가까운 곳에서 일차적으로 우환 이 생긴다.

이때가 중요하다. 나의 지난 세월을 돌이켜보건대 너무도 이 시기가 중요하다. 바로 우리의 삶의 겨울이 오기 전의 황 색신호인 것이다. 이 황색신호를 무시하고 달리면, 이제 두 번째 적색신호로서 겨울이 오는 것을 알린다. 더 큰 나의 아 픔을 느끼게 한다. 바로 건강과 사업과 배신을 통해서 대다 수의 사람은 이러한 신호를 느끼지 못한다. 필자도 너무나도 많은 아픔과 고통의 수업료를 지불하고 나서야 이제야 그 흐름을 깨달을 수가 있으니 이제 이 글을 쓸 수가 있나 보다.

이 시기를 아무런 대책도 없이 지난다면, 참으로 삶의 겨 울은 너무나도 길게 우리의 인생을 뒤흔들어 놓을 것이다. 기후의 겨울은 인정이 있어 삼한사온으로 조금씩 그 추위를 조절도 하지만, 삶의 겨울은 조금도 용서함이 없는 무자비 한 놈인 것을 알아야 한다. 그러면 우리의 삶 속에 황색 신호 가 오는 것을 어떻게 느끼며, 어떻게 대처를 해야 다가오는 겨울이란 놈과의 승부에서 카운터펀치에 당하지 않고 15라운드의 긴 겨울을 매끄럽게 보내고 봄을 맞이할 수가 있을까? 먼저 황색신호를 느끼기 위해서 항상 삶의 현장에서 긴장을 풀지 말아야 한다. 세상에 요행이나 우연이란 것은 없다. 나의 주위에서 발생되는 모든 결과물은 나 자신의 동기에서 발생하기 때문이다.

먼저 황색신호의 징조를 느끼면 이전의 삶보다 더욱 매사에 신중을 기하고 교만하지 않고, 겸손하며 선행을 하며, 모든 일에 철저한 정보와 부정적인 요소를 제거하고 구설수 및 자신이 행하는 모든 일과를 보이지 않는 겨울과의 싸움에 대비해야 한다. 그러지 아니하고 조심성 없이 경거망동하게 되면, 우리 자신을 노리는 삶의 겨울에 노출되어 참으로 길고 긴 겨울을 맞게 되어 참담한 삶으로 때로는 그 좌절로 인해 헤어날 수가 없는 겨울을 맞이할 수밖에 없다. 더욱 더 낮출 줄 알고 매사에 신중을 기한다면 오는 겨울을 조금이나마 짧고 매끄럽게 보낼 수가 있을 것이다.

그러면 우리의 삶의 봄은 어떻게 느낄 수가 있을까? 우리는 그 힘든 삶의 겨울이 얼마나 긴지 그리고 어디까지인지 알 수가 없다. 이때 겨울의 체감온도가 조금씩 누그러질 때 살며시 한쪽 발을 원하는 방향으로 담겨본다 정숙 보행이다. 이때 주위 환경이 원하는 방향으로 유리하게 흐르는 것을 감지하면 조금씩 아주 조금씩 나가면 되는 것이다.

삶의 4계절

이렇게 간단한 삶의 원리이지만 어려운 삶을 살아가는 우리네 민초들은 힘든 민생고에 눌려 깨닫지 못하는 순간에 위기를 당하게 되고 그 위기를 임시방편으로 막기 위해 동분서주하며 급기야 정도를 벗어난 부정행위도 쉽게 저지른다. 더욱 큰 걸림돌이 될 줄도 모르고 결국 모든 우리의 삶의 행위에는 우리 자신이 중심에 있다.

우리의 삶의 모든 것이 유한한 것임을 알고 정도와 순리로 나 아닌 타인을 위한 배려를 나의 삶의 중심에 둔다면 아무리 혹독하고 못된 겨울도 마음을 비운 나에게는 다가설 수가 없다는 결론이다. 이 결론을 얻기까지 얼마나 많은 시간과 물질을 소모하고 아픔을 겪었는지....

참으로 우리네 인생은 결코 평탄하지만 않은 삶입니다. 수없이 많은 좌절과 고통의 연속에서 밤잠을 설치고 갈등 속에 번민하면서도 모진 생명이기에 우리는 또 내일을 기약합니다. 어차피 닥쳐올 시련이라면 과감히 받아드리라고 조언하고 싶습니다. '왜 나에게만 이런 시련과 슬픔이~' 하고 좌절할 필요도 남과 비교할 필요도 없습니다. 어차피 인생은 혼자 가는 길입니다.

닥쳐오는 시련도 나의 몫입니다. 저도 한때는 꿈속에서도 그 해답을 찾으려고 한 적이 있는 만큼 힘들었지만 나만이 받는 고통과 좌절이 아니고 얼핏 보면 나만 힘들고 불이익 속에 사는 것 같아도 모든 인생은 그 고통의 악몽에서 누구든지 자유스럽지 못합니다.

　조금만 아주 조금만 우리 내려놓고 살아보면 그러면 그 못된 삶의 겨울도 쉽게 보낼 수가 있을 것 같네요.

삶의 4계절

아주 작은 진리라도 외면하지 않고
적은 것의 소중함을 지키려 하고
이생 유한을 깨달을 수가 있다면
여기도 공이고 저기도 공인 것을....

잃어버린 세월

　세월은 유수와 같다고 했다. 나는 젊을 때 일찍 사업을 시작해서 나와 접촉하는 사람들은 대체로 나보다 십 년 정도 이상은 연배가 많았다. 그래서 유달리 새치머리가 많은 나는 구태여 흰머리를 염색하거나 감추려 하지 않았고 나이도 늘상 몇 살씩 올려 말했다. 내 나이 오십 이전엔 세월 가는 줄 몰랐고 오직 앞만 보고 달려온 인생이기에 남은 날이 더 많은 줄 알았다.

　그러나 세월이 흘러 오십이 넘어서고 나니 참으로 인생은 유한한 것이구나. 하고 깨달을 때, 벌써 훌쩍 오십이 넘어 환갑이 넘었는데 아직도 꿈을 좇고 있는 나 자신을 볼 때 참으로 한심스럽지만 돌이킬 수 없는 환경을 만든 내가 부끄러워진다. 인간들의 보이지 않는 욕심과 욕망, 그리고 아집 속에서 소리를 내고 부딪치는 현실 속에서도 세월은 흐르는 물처럼 참 빠르게 지나간다.

어릴 적 철없이 마냥 좋아 뛰놀던 그 고향은 아니라도 내겐 가장 그리운 소년 시절의 장소가 있다. 그리움에 또 그 그리움의 환상을 잊지 못해 그곳을 찾게 되면 그 시절의 추억도 그립고 그 환경이 보고 싶어 많이 가고 싶었지만 결코 가지 않은 것은 그동안의 세월과 우리의 시대의 흐름이 그 환경을 다 바꾸어 놓았다면 실망만 커질까 봐 가지 않았다.

우연히 어린 시절의 그 장소에 지날 기회가 있었다. 늘 그리움에 꿈꾸던 그곳엔 항상 내가 그리워하고 보고 싶었던 대나무 숲과 탱자나무 그리고 개울과 저녁이면 온 동네 어린이와 형과 누나와 뛰놀던 당산나무 그리고 시냇물 흐르던 개울가 등의 그 모든 것이 사라지고 주택과 아파트가 빽빽이 들어서 그토록 그립던 세월의 향기를 맡을 수 없었다. 허무한 마음으로 속히 그곳을 빠져나와서는 며칠 동안 후회를 한 적도 있었다.

세월이란 놈은 묘한 것이 시간이 흐르면서 우리네 삶의 아픔을 때론 시간을 통해서 잊게도 해주지만 시간이란 동반자를 통해 희로애락을 늘 느끼는 순간 세월이란 놈은 멀리 한 발자국을 내딛는다.

난 아직도 꿈을 좇고 있다. 날 잘 아는 친구들은 나더러 진돗개라고들 한다. 한번 하고자 한 것을 타의에 의해 중단

된 적은 있어도 한번 목표한 것을 꼭 이루어야 한다. 아직도 설악산이 어디에 있는지 속리산 제주도 등이 어딘지도 수많은 날을 서울 출장 다녀도 남산 구경 한번 못했다.

내 꿈이 무엇인지 이젠 지쳐온다. 무엇을 위해 몸부림치며 살아왔는지 한편으론 한심한 생각도 들지만 마음속으론 절대 부끄럽지 않다. 난 내 삶을 그만큼 최선을 다해 살아왔다고 자부하고 싶지만 지금은 그 모든 지난 세월이 말 그대로 잃어버린 세월인 셈이다.

1997년도 일이다. IMF 사태로 회사가 경영난에 의해 어려워져 결국 부도가 나서 반년 정도 구치소에 수감된 적이 있다. 내가 남에게 의도적으로 피해 입힌 것도 아닌데 회사의 모든 자산과 미분양 아파트, 집 등이 가압류가 붙었다. 채권자들이 조금만 기다려주면 충분히 정리하고 남을 자산인데도 경매가 들어와 나도 망하고 채권자도 한 푼도 못 챙기는 일도 있었다.

남들은 세상을 즐기면서 살아도 나처럼 살지 않더니만 난 왜 이런가 하고 그 노력의 시간과 세월이 너무 안타까워 울부짖으며 구치소에서 보름 동안 음식을 못 먹고 내 영혼과 육신은 야위어갔다. 그 후 목사님의 기도와 격려로 수용시설 안에서 내가 가진 기술로 봉사활동을 하며, 마음을 변화시키자 내 영혼은 맑아졌다.

좀 더 나은 환경에서 수용소 안에서의 작은 자유가 허락되고 매일의 점심시간의 자유시간이 주어졌고 그 한 시간 동안의 넓은 운동장은 나의 찬송으로 콘서트장이 되었고 수용시설 안의 내 별명이 할렐루야로 불리면서 수많은 재소자들의 항소이유서와 탄원서를 대필하면서 참 인생은 묘하다고 생각했다. 우스꽝스런 이야기지만 진짜 도둑놈은 수용소 밖에 더 많구나 생각했다.

그만큼 못 배우고 가진 것 없고 알지 못해 들어온 불쌍한 죄인들도 많았다. 물론 흉악범 등은 제외하고 하는 말이다. 지금도 종종 생각해보지만 내 평생 제일 행복했던 시간은 어릴 적 엄마를 따라서 시장 가는 것 제외하고는 재소자 시절의 수용기간 동안이 제일 행복했던 시간이었다. 남들이 들으면 웃을 일이지만 왜냐하면 그 수용시간 동안은 지난 세월의 나의 삶을 앞만 보며 달려온 세월을 되돌아볼 수 있었고 부족한 나 자신과 미래를 다시 한 번 점검할 수 있었고, 남을 위한 봉사의 기쁨을 깨달은 귀한 시간이었기 때문이었다.

사라졌다. 아직도 그 꿈을 위해 달려가고 있지만 이미 나의 마음은 아직 청춘이지만 몸이 따르지 않을 때가 너무 많다. 인생이 영화의 필름이라면 다시 되돌릴 수 있으면 좋으련만, 한번 가면 되돌릴 수 없는 것이 인생인데 더 이상 지난 세월에 아파하지 않기로 했다.

아직도 내 삶의 끝은 아니니까 설사 그 잃어버린 세월보다 더 아픔이 올지라도 열정을 다해 뛰어 보고 싶다. 후회하는 삶은 싫다. 왜냐하면 누구를 위한 것이든 간에 이제 남은 것은 그 꿈밖에 없기 때문이다.

한편으로는 어릴 적에 이웃에서 내게 한문을 가르치시고 아껴주시던 담배 집 할아버지의 말씀이 생각이 난다. "식아, 세상에서 사람이 사회생활을 하면서 때론 하기 싫어도 해야 하는 일이 있고 하고 싶어도 못하는 일이 있으니 무슨 일을 하더라도 꼭 명심해야 된다."고 하신 말씀을 어릴 때는 몰랐지만 새삼 이 나이에 그 말씀의 뜻을 왜 모르겠느냐마는 내 삶의 운명이 어디에 이어졌는지 알 수가 없다.

지금껏 살다 보니 하기 싫은 일과, 하고 싶은 일을 하고 싶어도 그리고 때론 하기 싫어도 우리의 삶이 우리 자신의 의지와 노력으로만 될 수 없다는 것도 덤으로 배워지는 것이 우리 인생인데 할아버지께서도 이런 말도 해주고 싶었겠지만 아마 어린 내가 이해할 수 없을 것 같아 안 해 주신 것 같다.

그렇다, 운명은 스스로 개척하고 바꾸는 것은 자신에게 있다고 하지만 우리 자신의 노력은 한계가 있어 우리 인간이 알지 못하는 우주의 삼라만상의 미묘한 신비를 우리 인간이 어찌 다 알 수 있을까 다만 우리는 주어진 틀 속에 최선을 다할 뿐이 아니겠는가, 그 지난날의 세월들의 수많은 개개인의 삶들이 어찌 다 잃어버린 세월일 수 있을까마는 살아온 저마다의 세월들이 꽃이 피고 열매 맺는 귀한 세월일 수도 있으련만, 나 자신을 돌이켜 생각하면 열심히 살아 온 것은 사실이지만 솔직히 잃어버린 세월이 많고 아쉬움이 많은 삶이라고 고백하고 싶은 것이 사실이다.

늘 우리의 삶이 때로는 삶에 지치고 힘들어 사는 자체가 지옥같이 느껴지고 고달프고 이제 인생 다 살았다 하고 체념 아닌 체념도 하지만 모진 것이 우리네 인생이라 고통의 터널을 지나다 보면 또 살맛나는 순간도 있어 그렇게 잃어버린 세월도 잊어지며 사는가 보다. 모든 인생이 다 그런 것은 아니지만 결코 평탄치 않다. 성공한 자 실패한 자 마찬가지다.

물론 좋은 토양에서 특수한 조건에서 시작하는 사람도 있지만 그건 그 사람의 능력이다. 아무리 다 갖추었다 해도 능력과 보존성장을 시킬 열정이 없다면 한 순간에 사라지며, 가진 것 없어도 능력과 열정이 있으면 성공할 수 있다. 한때는 나도 가진 자를 원망하며 같은 조건에서 삶의 현장에서 싸울 수 있다면, 하고도 생각했지만, 가진 자는 가진 자대로 할 말이 있다. 자신이 노력했고 선조가 노력했다는 말이다.

맞는 말이다. 어른의 손가락이 어린이의 손과 달리 세월의 연륜처럼 마디가 굵어지고 그 마디의 관절이 없다면 힘을 쓸 수 없듯이 우리의 삶도 세월의 연륜의 마디처럼 성장한다고 생각한다. 그 마디가 없다면 우리가 어떻게 그 손으로 힘든 일을 할 수 있을까. 때로는 잃어버린 세월에 대한 아픔이 너무 크다 해도 그 아픔을 이길 수 있는 방법이 있다. 사람마다 조금씩은 다르겠지만 해결의 방도는 근본적인 것이다. 참으로 나에겐 비싼 수업료를 내고 받은 교훈이다.

주역을 읽어 보면 흔히 점치는 책이라 다수의 사람들은 외면하지만, 나는 독서의 영역에 제한을 두지 않는다. 주역의 주제는 인간이 어려운 난관이 닥쳐 한계에 도달했어도 하늘이 무너져도 솟아날 하나의 통로는 있다고 한다. 단 당사자의 고난을 헤쳐나갈 의지가 동반되어야 함은 물론이다. 모든 사방 통로가 다 막혀도 다시 새로운 문이 열린다고 한다. 그리고 아무리 명예와 권력, 부가 하늘에 닿아도 감사와 겸손을 모르고 선행을 외면할 때는 한순간에 없어진다는 것이 주역의 요체이다.

결국 우리의 삶의 초점은 우리 자신에게 있고 우리 자신이 만드는 것이다. 세상에 변치 않는 것도 없고 결국엔 잃어버린 세월도 한순간 지난 꿈인 것을, 힘들고 어려운 것을 극복하면 그것이 나의 지적 영양소가 되어 미래에 나에게 닥칠지 모르는 삶의 난관에 도움이 된다고 생각하고 나의 마음을 바꾸니 훨씬 편해졌다.

저마다의 삶 중에서 잃어버린 세월은 자신에게 지독한 아픔과 후회를 주기도 하지만 그 아픔은 또한 현실을 극복할 수 있는 지혜와 용기를 준다고 생각한다. 잃어버린 세월이 너무 아깝지만 그리고 만회하기에 우리의 삶이 참으로 짧아서 가슴을 치고 싶지만 좌절하고 낙심할 필요는 없는 것 같다.

나이가 들수록 인생이 즐겁건 괴롭건, 세월이란 놈은 참으로 더욱 매몰차게 쏜살같이 지나가고 이승을 떠날 시간이 다가올수록 더욱 아쉬움이 많은 사람들이 차츰 늙어 가면서 무엇인가를 해보고 싶은 생각을 갖기도 한다. 허나 우리네 삶의 대부분은 앞에 닥친 민생고와 자녀들의 문제 등으로 말 그대로 꿈같은 이야기일 뿐이다.

우리의 인생의 삶이 무거운 짐으로 다가올 때, 그저 자연에서 아무 가진 것 없어도 아름다운 꽃을 피우는 이름 모를 꽃 한 송이, 풀 한 포기에서 끈질긴 생명력과 강한 용기를 배우기도 한다. 물론 우리의 삶이 힘들 땐 산수나 계절의 눈부심도 모든 것이 원망으로 돌아설 수도 있다. 그러나 우리에게 아니 나에게는 아직도 오늘이 있으니까 나에게는 어제가 없다. 다만 참고사항일 뿐이다. 미래는 항상 있는 것이지만 사실상 허상과 같다. 잡을 수도 느낄 수도 없다.

우리에게 부딪치는 것은 결국 오늘이다 "오늘이 내일이고 내일이 오늘이다 내일은 누구도 모른다." 부닥치고 부딪히며 사는 삶이 오늘이라 생각하고 하루를 열심히 살아본다.

무엇이 부족한지 왔다가 돌아가며 부딪히며
사라지는 너의 몸부림은
지우고 다시 쓰며 삼키는 모래알처럼
먼 훗날 흔적 없이 사라질 나의 모습 같구나.

잃어버린 세월

아픔 속에 꿈을 접다.

얼마 전에 신문지상에서 생활고를 비관하다 일가족 동반 자살의 내용을 보고 우리 민초들의 삶의 한 단편을 보는 것 같아 너무 가슴 아팠다.

지금보다 더 어려운 시대인 60~70년대에도 이렇게 자살률이 높지가 않았는데 예전보다 훨씬 삶의 질적 향상을 이루고 경제로만 해도 세계 10대 경제권에 유엔 이사국 그리고 유엔 사무총장까지 월드컵, 올림픽의 동계 하계 개최국 등 나날이 높아져 가는 국격의 이면에는 우리 사회의 다른 한쪽은 병들고 신음하며 아파하고 있다.

왜 우리의 사회 다른 한쪽은 이렇게 아프고 힘들어하며 노동의 정당한 대가를 받지 못하고 귀한 생명을 저버리는지 여러 가지 사유는 많겠지만, 한국의 중요한 사회문제임은 틀림이 없다. 근본적인 문제를 논하려면 고도성장의 이면에

산업화 정책에서 소외된 소득의 양극화와 사회구조적인 측면을 말하기 전에 가난으로 인해 자녀를 출생해서 내다 버리고 생명을 버리는 상황이 안타까울 뿐이다.

1970년대에 내가 고등학교 야간 재학 중 그토록 원하던 대학에 가고 싶어 내가 번 돈으로 생활비를 보태며 서민들이 즐겨 저축하던 계를 2개 들었다.

14개월 동안의 착실히 부은 돈으로 등록금을 준비하고 새벽에 신문 배달 낮엔 목공소를 다니고 저녁에 야간 고교를 다니면서 꿈에 부풀었건만 마지막까지 부은 돈을 계주가 몽땅 갖고 도망을 갔다.

아버지 없이 젊은 나이에 홀로되어 자식의 성공만을 기도하는 엄마의 마음을 생각하며 눈물로 대학 합격증을 엄마 몰래 불살랐다. 엄마에게는 "엄마 나 대학 떨어졌어. 나 대학 안 갈래, 대학하곤 나는 인연이 아닌가 봐." 하며 남몰래 혼자 몇 날 며칠을 한없이 울었던 기억이 새롭다.

그런 어려운 상황에도 오늘까지 건강하게 대학을 졸업하고 사업하며 버티어 온 것은 젊음과 미래에 대한 소망이 있기 때문이다. 굳이 자살의 동기가 굳이 민생고 하나만으로 자살률이 높아지는 것만은 아니지만, 민생고로 인해 자살률이 높아지고 사회문제가 되는 가장 큰 이유는 미래가 없는, 꿈이 없는 사회를 만든 사회구조에 잘못이 있는 것이 아닌

아픔 속에 꿈을 접다.

지 생각해본다.

우리 인간의 삶이 특히 우리 민족은 세계 어느 민족보다 고난에 대한 적응력이 최고라고 말하고 싶다. 수많은 외세의 침략과 침탈의 엄청난 고통에도 굴복하지 않고 면면히 이어온 민족이 아닌가. 특히나 자녀와 함께 동반 자살은 상상도 할 수가 없는데 현실사회는 그렇지 못하다. 우리 사회는 한국만이 갖고 있는 장점의 문화를 구태적인 것으로 취급하고 잘못되고 변질된 서구식 민주주의 문화를 무작정 아무런 검토도 없이 받아들인 우리의 잘못도 크다.

사회질서와 예의와 배려 자율이라는 문화의 기반이 없는 사회는 민주주의는 고사하고 방종과 타락의 사회로 전락할 뿐이건만, 우리 사회는 이제 21세기 변화된 민주주의 사회문화 속에서 어떻게 해야 가정교육을 살리고 이의 해결을 통해 노인계층도 살리고 자라나는 자녀 세대에게 올바른 전인교육을 시키면서 젊은 부모도 교육비 부담을 줄일 수 있는지 심각하게 고민할 때가 아닌가 싶다.

이를 통해 사회 전체적인 전인교육 등의 문제도 아울러 해결할 접점을 살릴 수 있고 근원적으로 이 문제가 풀려야 독점경제 학벌사회 사회문화 양극화 초고령사회 인구감소와 함께 우리 사회의 아픈 단면의 문제점의 해결점을 찾을 수 있으련만 안타까울 뿐이다.

우리나라는 급격한 산업화를 겪으며, 준비되지 않은 상태에서 자본주의의 기본이 되는 개인주의를 기존의 공동체주의 안에 품게 되었으며, 철저하게 힘과 자본의 논리에서 유지 발전되는 선진자본주의 안에서 구성원들은 자신의 가치를 부의 창출을 통해 높이려는 움직임을 보였고, 그들의 의식 속에는 돈이 곧 힘이며, 힘이 곧 정의라는 물질주의적 사고가 자리 잡게 되었다.

개인주의가 자본주의 사회 속에서 한 국가가 발전하는 과정에서 불가피하게 나타나는 현상이라고 하지만, 빈자와 약자의 배려가 없는 것이 아쉽다. 개인의 부와 소유의 확대 그리고 그것을 과시하는 성향의 물질주의 또한 피해갈 수 없는 사회현상일지도 모른다.

하지만 우리 민초들의 삶도 힘들어 그들이 아픔 속에 사라져가는 애환을 그냥 뉴스거리로 보내야만 하는 실정도 가슴 아픈 노릇이다.

내가 배움의 꿈을 접고 가정생계에 매달리며 아픔을 겪을 때 지금처럼 다들 고생하여도 일부 특권층을 제외하곤 다들 지금처럼 빈부의 격차가 심하지 않았다.

그들에 아픔의 상처를 싸매어주고 미래의 소망을 심어주어야 귀한 청소년들의 생명을 지키고 미래의 꿈을 접지 않게 했으면 한다.

아픔 속에 꿈을 접다.

우리 인간들의 삶에서 소망이 없다면 산목숨이 아니다. 지금의 우리는 그때와는 다르다. 당시는 배고파서 도둑질했다면 법원에서도 선처를 해주는 시대였지만, 지금은 우리가 아무리 가진 것 없다고 해도, 무엇인가 가진 것이 있다. 적은 것에 감사하며, 힘들어도 작은 희망의 불씨를 가지고 살아갈 수 있다면 좋을 텐데, 극단적인 선택을 하는 그분들의 마음을 어찌 모두를 이해할 수 없지만 나날이 우울증으로 정신과를 찾는 국민이 늘어남은 무엇을 의미하는 것인지 다시금 생각해 볼 일이다.

밤이면 모든 것 뺏기고 혼자가 될 너이기에
어서 빨리 나의 못난 삶을 노을 속으로 보내고 싶다.
사라져가는 아쉬움의 눈물방울에 그림자가 드리우고

마지막을 불태우는 하늘의 붉은 꽃은
어느새 바다에 누워 버리고 존재를 상실한다.
사라지는 노을을 보며 나는 묻고 있다
나는 정녕 무엇이며 어디까지 왔는가?

아픔 속에 꿈을 접다.

인생 계획표

　벌써 강원도는 첫눈이 내렸다는 신문방송을 보고 벌써 해가 저무는 연말이 다 되어 가는가 보다 이맘때면 누구나 한 번쯤 한 해를 돌아보고 새해를 새로 설계하는 시절이 다가왔다. 인간의 삶이 어찌 우리의 짧은 소견으로 계획된 모든 것이 이루어질 수 있을까마는 그래도 다들 작심삼일이라도 계획을 세우려 한다. 나도 어릴 때 세운 인생계획표가 생각이 난다. 고 안현필 선생님의 책 속에서 힌트를 얻어서 몇 살에 대학을 졸업하고 언제 결혼을 하고 목표를 이루는지에 대한 지금 생각해도 나에게는 그것이 수많은 날밤을 새우면서 만든 최초의 인생계획표이었고 그것은 젊은 청춘 시절 몇십 년 동안의 내 삶의 지침이 되었다는 사실은 부인할 수 없다. 때론 삶의 고난이 닥칠 때는 그 목표가 위로와 희망이 되었고 삶의 동력이 되었다. 중요한 것은 때로는 그 계획표가 내가 살아가는 동안 닥치는 수많은 결정의 순간에도 의

사결정의 지침이 되었다는 사실이었다. 지금 생각해보면 어린 시절에 그러한 계획을 세웠다는 것 자체가 기특한 일이었지만 어찌 인생이 계획대로 진행될까~ 생각하지만 그러한 계획을 세우고 나면 모두들 한동안은 계획을 따라 열심을 한다는 자체가 나름 좋은 것이라 생각된다. 목표를 위해서 먹고 싶은 것 먹지 않고 한창 사춘기의 나이에 곁눈을 돌리지 않고 오직 목표만을 위해 열심을 다 했던 그 시절이 한편으론 결과를 논하기 전에 그러한 열정이 최선이었던가를 따질 것이 아니라 지금 생각해보면 결코 내 삶에 마이너스 요인은 아니었던 같다.

요즘 시절에는 목표를 위해 근검절약하면서 모든 것을 포기하고 목표를 위해 앞만 보고 뛰는 사람들이 얼마나 될지 모르지만 그리 흔치는 않을 것 같다. 지금 생각해보면 인생계획표가 중요한 것이 아니라 실행이 중요한 것인데 얼마나 애쓰고 노력하였는지 돌이켜보면 참으로 열심히 살았다고 자부는 하지만, 노력과 열정만으로 매사가 순조롭다면 무슨 아픔이 있을까! 23세에 독립하여 주경야독으로 사업과 학문을 병행했던 나 자신은 무엇을 위해 살아왔는지 한 편으론 지금에 와선 작은 후회도 없다면 거짓말일 것이다. 그러나 그러한 인생계획표로 인해 나는 다른 사람들보다 더 일찍 독립을 하였고, 오늘이 있었고 이러한 글을 쓸 수 있는 것이라 애써 자위해본다.

가질 때보다 없을 때의 중요함으로
새로운 기쁨을 제시하는
너는 나의 영원한 멘토(mentor)이다.
잠시도 가만있지 못하고 내가 움직일 때마다
빙횡히는 니를 제시히는 나침반

실패의 이면에 인내라는 소중한 좌표를
제시하고 소중한 나의 삶에
항상 움직이고 있는 너는
나의 인생의 나침반~~

제 2 부 고통속의 성장

버려야 할 혈기

　요즘 신문지상에 친구들끼리 술을 먹다가 다퉈 대형사고
가 자주 일어나는 것을 보며 우리가 살아가는 삶에 대해 순
간적으로 일어나는 혈기를 절제 못하면 얼마나 큰 후회와 무
서운 결과를 초래하는지 알 수가 있다.

　내가 24살 때의 지난날이다. 내가 사업을 시작하며 공부
를 계속하던 시절이었다. 일요일 아침 밀린 방송통신대학 학
과 과정을 공부하고 있는 중에 집안 마당에 싸움 소리가 들
려서 나가보니 통장아저씨와 옆집 아주머니와의 다툼이 오
랫동안 지속되어 내가 싸움을 말리려다 말린다고 대드는 통
장 아저씨와 나의 싸움이 되어 버렸다. 싸움이 길어지고 이
윽고 어머니께서 말리려다 졸도하시는 사건이 일어났다. 어
머니의 졸도로 싸움은 흐지부지되고 병원에 가는 소동이 일
어난 후 나는 나의 혈기가 어머님의 건강을 악화시킨 것에 대

한 엄청난 후회가 있었다.

나는 그 후 나 자신의 혈기와 모든 부족함을 신앙으로 절제하기로 마음먹고 신앙생활을 시작하였지만, 나의 불뚝하는 혈기는 그리 쉽게 근절되지 않았다. 그 후 40대 초반 크게 사업이 승승장구하던 도중에 부도가 났고 진행되는 공사를 마무리하기 위해 자금을 융통하기 위해 기존 채권자에게 자금지원을 요청하였으나 채권자는 근저당설정을 요구하여 젊은 마음에 "지금 곧 공사가 마감되어 분양 시점인데 설정을 요구하느냐?"고 화를 내고 오히려 채권자를 면박을 주니 다음날 전 공사 현장에 압류가 들어와서 낭패를 본적이 있었다.

나의 입장에서는 그 채권자가 나에게 투자해서 손해 끼친적도 없고 오랫동안 거래를 한 고객이었지만 당시 좀 더 지혜롭게 혈기를 부리지 않고 협상했더라면 좀 편하게 진행될 일들을 망쳤다. 물론 다듬어지지 않은 젊음 때문이었겠지만 나의 만용과 혈기가 망쳐버린 것이었다. 세월이 지나고 보니 어처구니없는 일이었지만......, 우리의 삶에 어찌 살아가는 도중에 이러한 실수가 없을까마는 누구나가 갖고 있는 혈기는 여러모로 생각해도 무의미한 것이다. 저마다의 처한 사정에 따라 다름이 있을 수 있어도 우리의 삶에 혈기라는 것은 참으로 버려야 할 불필요한 것이라 생각된다.

삶의 전장에서

　우리는 삶의 목적이 무언지도 모른 채 늘 삶의 전장에서 살았습니다. 어린 초등 때부터 중입, 고입, 대입의 입시 전장에서 또 삶의 전장에서 또는 자신의 이상 목표와의 자신과의 싸움 그리고 가족의 부양을 위해서 그리고 이젠 나이가 듦에 따라 외로움과 건강과의 싸움 등 참으로 세상은 싸움에서 싸움으로 이어지네요. 그러나 무슨 싸움보다도 외로움과 그리움의 싸움이 제일 사무치고 아프네요.

　우리가 사는 동안 이제 건강히 살아갈 날도 살아온 날보다 적겠지요. 이제 생각해 봅니다. 꿈과 이상을 위해 쉬지 않고 앞만 보고 달려온 그 세월 조금은 지칩니다. 쉬고 가야겠지요. 내가 다 지고 갈 멍에처럼 뛰다가 어느새 돌아보니 혼자인 것을 어차피 혼자인 인생인 줄 알면서도 좀은 외로워집니다.

오늘은 괜히 심통인지 젊은이들에게 하고 싶은 말이 있다. 사람은 그 부모를 닮기보다는 시대를 더욱 많이 닮아 가는 것 같다. 저들을 위해 수많은 사람들이 그들의 성장을 위해 바치는 애정과 헌신을 모르고 살아가는 그들이 원망스럽기보다 오히려 이 난세와 같은 세대를 살아가는 그들이 애처롭기만 한 것은 무엇일까? 세상에는 인생이 무엇인지 진정한 삶은 무엇인지에 대해서 질문하는 젊은이 없다는 것이 안타깝기 때문이다. 어떻게 하면 요령껏 세상을 더 즐기고 잘 먹고 편히 사는 데만 집중되어 있는 현실의 구조가 암담합니다.

늘상 가난과 굴종의 삶 속에서 핍박받던 한풀이의 대상인 부(富)만 쫓는 현실이 소비와 유행의 노예로 이들을 이렇게 만든 것인가 아니면 우리의 세대가 남보다 앞서기만을 위해 달려온 삶에서 영혼을 빠뜨리고 허겁지겁 살아온 이유 때문인지 젊은이들은 이때가 가장 욕망이 부풀고 집에 있을 시간이 적고 사교에 눈을 뜨고 민감하지만 알아들을 능력과 실행할 의사가 있지만 그들을 가르치고 이끌어줄 우리의 부족과 허물이 더 많음을 가슴으로 느낀다. 그들에게 비범한 삶보다도 평범한 삶의 방식을 배우는 것이 더욱 어려운 것을 가르쳐야 하건만 아쉬움뿐이고 나 자신의 부족함 마저 채우지 못함을 어찌할는지 돌아가는 길의 싸늘한 저녁 봄바람 맞으며 걷는 아스팔트의 길이 조금은 오늘은 멀어 보이네요.

처음으로 쓸쓸함을 배웠던
봄날 오후에
이제야 새로운 여행을 떠나는
나의 봄은 작은 꽃잎 하나를
머리 아닌 가슴으로 안으려 합니다.

삶의 전장에서

포기하고 싶을 때

우리의 삶에서 너무 힘들고 어깨가 무거울 때가 많이 있습니다.

제가 고1 때의 일입니다. 새벽 4시에 일어나서 신문 배달, 낮엔 목공소, 저녁엔 야간고등학교 다니며 주경야독으로 4식구 소년가장 시절에, 삶에 너무 지쳐 생을 마감하고 탈출하고 싶은 시간이었습니다.

너무 배도 고팠고 낮에 현장에서 일할 때의 얘깁니다. 어깨에 메고 있는 목재가 너무 힘들어 피멍이 맺혔지만 구슬 같은 땀을 흘리며 앞서가는 아줌마의 머리에 이고 가는 자갈 담은 비닐통을 보며 '아~ 나는 아직 가진 것 하나 없어도 젊음과 미래가 있지.' 하고 더욱 마음을 다잡고 열심인 세월도 있었습니다.

때론 우리의 삶이 고달프고 힘들어도 그래도 한세상 살면서 가진 것 세어보면 우린 아직도 꽤 많은 것 가지고 있나 봅니다. 부모형제, 자식, 얼마간의 돈, 건강, 빈 몸으로 와서 제법 이익 남는 장사죠.

이제 올해의 아름답던 가을도 어서 가려 재촉입니다. 한 해를 시작할 때도 엊그제인데 벌써 늦은 가을입니다. 한 해가 다 가기 전에 나로 인해 아픈 사람, 힘든 사람 등 우리 주위를 한번 돌아보는 시간이 되었으면 합니다.

혹여나 독자들 중에 무엇이든지 포기하고 싶을 때 아래로 보시고 가진 것 계산해보시면 위쪽으로만 보지 마시고 어떨까요. 손해 본 장사입니까?

우리의 삶의 인생은 100m 경주가 아니라 마라톤입니다. 이제 우린 겨우 반환점 돌았습니다.

포기하고 싶을 때

삶의 밑바닥에서

이 땅에 살아가는 누구든지 아픔이 없고 고통 없이 한평생 살아가는 삶이 있을까 1997년 내가 43세의 한창때의 나이로 승승장구하던 사업이 부도가 나고 대한민국의 외환 보유가 국가채무보다 적어 발생한 외환 위기로 인해 다시 한 번 고난의 늪으로 빠졌을 때다.

자고 나면 금리가 폭등해서 금리가 50%까지 치솟고 부동산 가격은 바닥을 치고 금융은 묶여서 나를 포함해서 모든 중소 사업체가 고통을 받을 때의 일이다. 이로 인해 금융사는 때아닌 대출 상환 독촉으로 나의 모든 사업의 포기와 보류로 이어지고 사업체의 모든 자산과 개인 집까지도 경매 처분되었다 하지만 수십억의 돈도 아픔도 중요하지 않았다.

너무나도 아팠던 기억은 단칸방으로 이사를 하기 위해 10년을 키우던 진돗개와 어린 딸의 피아노가 사라진 것의 아픔도 컸지만 가장 아팠던 기억은 참으로 곁눈질 한번 없이 앞만 보며 달려온 그 세월과 시간이 너무나 아까웠다. 내 꿈을 키우며 달려온 그 금쪽같은 세월 내 인생의 절반이 다 사라져 버린 것이다. 가정을 지키지 못하고 처자식을 부양 못 하는 졸지에 못난 남편 아빠가 되어버린 것이다. 그 후 아내는 가정을 지키고 있었지만 이미 서로를 위한 신뢰와 믿음이 깨져 아내도 가정도 다 잃어버리고 내 꿈을 위해 달려온 그 세월도 잃어버린 것이다.

그 힘든 바닥 생활에서 우선 교회 목사님의 주선으로 창고 같은 물이 줄줄 흐르는 방 한 칸에서 1년을 고생하며 탈출에 성공했던 적도 있었다. 나의 꿈은 어디에 가고 하루하루를 자녀와 가정을 지키기 위해 노력했으나 허사였다. 세월이 흐른 지금 생각해보니 내 인생의 삶의 밑바닥에서 누구도 만나고 싶은 사람도 없고 세상을 하직하고 싶은 마음이 내 속에서 흐를 때 나를 다시 일으켜준 것은 신앙이었다.

마지막으로 다시 한 번으로 시작했던 것이 가진 것 없어 맨주먹으로 재기란 너무도 힘들고 조급한 마음에 쓰러지기를 몇 번이었든가 해낼 수 있다는 믿음과 인내심으로 버틴 세월이 어느덧 20성상이 지나고 보니 이제 남는 것은 회한과 육체적인 연약함으로 다가온다.

내가 그 밑바닥을 치고 올라온 세월 속에 지금 느끼는 것은 노력하는 자는 어느 누구도 이길 수가 없다는 것이다. 그리고 피조물인 인간이 기대야 할 곳은 신앙인 것을 부인할 수가 없다. 참으로 비싼 과정을 거치고 내게 닥친 환란을 나는 어느덧 세월이 흐른 지금 나의 육신은 잊혀지려 하지만 나의 영혼은 결코 잊히지 않는 나의 역사인 것을…….

난민(難民)

더 늦기 전에
내가 사는 이곳이 아무리 거북해도
너머의 삶이 더욱 가치 있고
영원한 의미라고 해도
잠시 왔다 가는 나그네의 삶.

없어지고 돌아올 수 없기에
새로운 하나의 시작은
紅塵에 썩은 세상의 치열한 삶
떠돌이로 변한다.

타인과의 배려와 문화적 가치의 상실은
어느새 나그네의 일원으로 변하고

순간적으로 지나가는
작은 인정의 따뜻함으로
미소를 지으며 벗어날 수 있어도
다시 돌아서면 또다시 난민이 되고 있다.

삶의 밑바닥에서

정상에 가기 위한 몸부림

　내가 19살이 지나고 20세 때의 얘기다. 대학 등록금 마련을 위해 수년 동안 주경야독하며 계를 들어 모은 돈을 계주가 갖고 도망가는 사건으로 인해 대학진학의 꿈이 좌절된 후 재학시절부터 근무하던 목공소에서 일하던 시절이다.

　일이 얼마나 바쁜지 처음에는 저녁에 퇴근해서 공부하면서 생활비를 벌려고 했지만 막상 직장생활을 본격적으로 시작해보니 매일 계속되는 야근으로 몸은 녹초가 되고 더 이상은 나의 꿈은 계속되는 작업으로 인해 하루가 다르게 지쳐갔고 한 달의 근무 일수가 약 40일 이상이 되었으니 더 이상 독학의 꿈은 멀어져갔다. 한 달에 2번 쉬는 날이면 혼자 산으로 올라가 현재 나 자신의 모습을 거울에 비추어 보았다. 과연 내가 이것으로 주저앉아야 하는가 아니면 어떤 방법으로 이 환경에서 벗어나서 내가 원하는 교사의 꿈에 더 다가

설 수 있는지를 생각하며 한 달에 두 번 쉬는 휴일에 산으로 홀로 들어가 숱한 고민을 한 적이 있다.

지금 생각하면 지나간 세월이 별 느낌 없이 지날 수 있어도 당시의 어린 나이에 닥쳐오는 신체적인 피로와 가난을 숙명으로 생각하며 하루를 살아가는 수많은 사람들과 마찬가지로 나도 예외일 수가 없었다. 앞에 닥친 현재의 환경에서 벗어나고 모든 것을 놓아 버리고 싶은 마음도 많았지만 미래라는 큰 꿈은 버릴 수가 없었다. 힘들고 지칠 때마다 정상에 대한 미래를 꿈꾸며 먼저 목표된 길을 바로 찾기 전에 해야 할 일을 선택했다. 첫째로 인정받는 자가 돼야 했다. 부정적인 생각을 노출하지 않고 상대와 올바른 관계 형성에 주력했다. 둘째로 현재의 어려움보다는 미래를 향한 긍정적인 사고를 가지기로 했다.

긍정적인 사고야말로 현재의 어려움을 극복하고 미래를 개척할 수 있는 동력을 만들 수 있기 때문이었다. 하지만 모든 것이 현실과 비추어 따르지 못하는 문제점이 얼마나 많았는지를 생각하면 지금 생각해도 아찔하다. 물론 이러한 긍정적인 사고의 배경에는 젊음이라는 배경이 있어야 했다. 사십 년이 지난 지금이라도 생각해보면 우울한 시대가 만든 시대적 배경에서 조그만 미래의 희망이야말로 당시의 삶을 조금이라도 긍정적으로 바꿀 수 있는 동력이었던 것이었다.

현실과 이상 사이의 괴리감으로 인해 순간마다 닥치는 음

습한 고통의 매순간마다 이겨나가는 것은 결코 쉽지 않다. 정상을 위한 몸부림도 중요하지만 단기적이고 실행 가능한 목표를 세워서 작은 것부터 실행하는 것이 중요하고 다시 말하자면 우리 자신들은 모두가 장기적인 미래를 개념화하는 데는 다들 익숙하지만 현재를 계획하고 실행하는 일에는 서투르기 때문이다. 너무 힘든 일이라고 낙담하고 중도에 포기하지 않도록 성취 가능한 목표를 마련해야 한다는 것을 새삼 돌이거본다.

이제 올해의 아름답던 가을도
어서 가려 재촉입니다.
한 해를 시작할 때도 엊그제인데
벌써 늦은 가을입니다.
한 해가 다 가기 전에 나로 인해
아픈 사람, 힘든 사람 등
우리 주위를 한번 돌아보는 시간이
되었으면 합니다.

정상에 가기 위한 몸부림

제 3 부 내일을 위해

방 황

우리가 인생을 살면서 누구나 한 번쯤 경험하는 방황이라는 단어는 생각하기 따라 다르겠지만 먼저 외로움 그리고 자아상실이 뇌리에 떠오른다. 방황은 이리저리 갈피를 잡지 못하고 뚜렷한 목표 의식이 상실된 채 정신적인 자신의 정체성을 잃은 상태를 말하는데, 어찌 보면 누구나 같을 수는 없지만 한 번쯤 방황이란 것도 해보면 자신을 되돌아볼 수 있는 상황이 될 수도 있다.

누구나 젊었을 때의 한 번쯤 있음직한 방황은 나에게는 사치와 같았고 주경야독하며 무너진 집안과 불확실한 미래에 대한 두려움으로 앞만 보고 달렸을 때니까, 젊은 시절의 방황은 내게 없었다. 그 후 실패를 모르고 승승장구하던 나에게 닥친 첫 방황은 그 방황을 통해서 주위의 환경이나 인간관계 그리고 주어진 처지 속에서 닥치는 새로운 변화에 나

방황

의 삶 최초의 방황을 맛보았다. 사업실패에 따른 친구의 배신 그리고 가정의 몰락 그리고 무엇보다 나 자신의 삶에 대한 회의감으로 수많은 나날을 방황으로 보낸 세월이 있었다.

나의 당시 방황은 삶에 대한 의지의 상실로 이어져서 참으로 신앙에 의지하고 믿음으로 버티어 온 세월이지만 잔재주 피울 줄 모르고 곁눈질 없이 우직하게만 달려온 세월이라 기도실에 엎드리면 목소리는 안으로 잠기고 눈물만 쏟아지던 그 세월들 그러나 지나고 보면 그 고통의 세월들은 당시의 젊은 나를 연단하여 거친 돌을 매끄럽게 만든 연단의 시간들이었으니, 현실을 이기지 못해 삶을 마감하는 수많은 사람들 이들은 모두 방황의 늪에서 절망 속에서 좌절하는 것은 현재의 고통보다 미래가 없음에 쉽게 자신을 버리는 것이다.

우리 인간이 살아가는 동안에 절망과 회의감 그리고 과거의 늪에서 늘 괴로워하는 것은 결국 자신을 부정하고 하나님이 나에게 주신 믿음을 저버리는 것이기 때문이다. 앞만 보고 한 길로 달려온 그 긴 세월들이 오늘 내가 이 순간 방황에 대한 글을 쓸 수 있지 않는가 생각해 본다. 내리는 비는 어느새 작은 개울을 만들고 망망대해로 흘러가겠지만 우리네 인생도 망망대해의 자유를 찾아 떠날 때까지 늘 방황의 숲속에서 속삭이고 있지 않나 생각해 본다.

발자국

우연이 아닌 수많은 지난 흔적의 발자국.
나는 어떤 마음으로 걸어왔을까

세월의 수레바퀴를 되돌리며
가혹한 진리를 새삼 깨닫는다.

살아 있음의 작은 의미로 싫던 좋던
꽃을 피우고 낙엽을 떨구어야 한다면

때가 되면 손을 놓기는 마찬가지라도
고운 열매를 맺는 나무이고 싶다.

낙엽을 따라 바람처럼 날아보리라
물처럼 흘러보리라
산처럼 높고 푸르고

한 걸음씩 밟아가는 모든 것을 포용하는
흙 내음 맡으며 다시금 또 밟아보리라.

방향

가을저녁 산책

　퇴근 후의 저녁노을과의 만남은 내가 즐겨 찾는 하루 일과의 하나다.

　안개 끼고 흐린 날은 또한 그대로가 좋다. 도심을 피해서 이사 온 곳이 도시라고 해도 산자락의 내가 거주하는 곳은 주로 노인네가 많다. 젊은이들은 높다고 잘 오지 않지만 내가 일부러 선택해서 회사와는 30분 거리니 불편하지 않다.

　해가 지고 써늘한 바람에 등짐 지고 조용한 걸음으로 산책해 본다. 천년만년 살 것 같은 마음으로 앞만 보고 달려온 세월에 늘 아쉬움만 남는 게 인생인가 보다. 산책길의 저녁은 쓸쓸함이 오히려 더 좋은 것이 이제 나도 나이가 드는가 보다.

　오늘은 퇴근하며 보라색, 자주색 들국화를 사서 화분에

옮기고 다른 화분들과 상견례를 시키고 여러 화분들의 배치를 새로 했더니 녀석들이 좀은 허전한지 씁쓰레 하는 것 같아 다시 제자리로 고쳐 놓았다. 허허, 이제 요 녀석들의 눈치도 봐야 하나 보다. 저희들도 옆에 있는 정든 친구와 헤어지기 싫어하는 것 같다.

산책길의 길을 돌아 새 화분에 넣을 흙을 준비하다가 어릴 적 생각이 난다. 초등학교 시절 온 산을 헤집고 다니면서 벼메뚜기를 잡아서 구워 먹던 일, 비를 피할 수 있는 장소를 만들어 놓고 뛰어놀다가 비가 오는 날이면 산속 기지로 피신해서 거기서 동무들과 비를 피하곤 했다.

하루는 여느 때와 같이 동무들과 놀다가 어느덧 배고픈 줄 모르고 해가 지고 있었다. 모두들 배가 고파서 몰래 주인 없는 무밭에 들어가 무를 뽑다가 제대로 깎지 못한 손톱 밑에 흙이 시커멓게 들어가고 이빨로 무 껍데기를 깎아 먹다가 주인한테 잡혀서 호되게 얻어맞고 고무신을 뺏겨서 늦게까지 벌을 받고 고무신을 돌려받고 귀가할 때 커다란 무 하나씩 손에 쥐여 주던 기억이 새로워서 그냥 부드러운 흙만 골라서 손으로 흙을 파서 담아왔다.

참으로 세월은 유수와 같다. 소년 시절의 꿈과 이상은 어디 가고 이제 산기슭에서 작은 사업을 하면서 그냥 자연과 문학에 소일하는 나 자신을 볼 때 한편으론 나의 지나온 삶이 후회스러운 적도 있지만 열심히 잘도 살아왔다.

이 세상에는 한 포기의 풀도 나무도 돌도 모든 만물이 조물주의 뜻에 의해 필요하지 않은 것이 없다고 하는데 지금까지 나는 살아오면서 나의 삶이 이 세상 누구엔가 어떤 영향력을 주면서 살아왔는지 돌이켜 보니 나의 의지와 상관없이 상처 준 사람들이 더 많음은 내가 그렇게 잘 살아온 것은 아닌가 보다. 이제라도 나의 삶을 조금이라도 나누고 배려하며 그 길이 내가 조금은 힘들어도 나아가고 싶다.

수많은 계절이 지나면서 바람이 불고 비가 오고 춥고 더운 모진 날씨에도 늘 여름에는 푸른 가지로 그늘을 만들고 겨울에는 낙엽으로 시인의 가슴에 다가오는 말없이 지켜보는 늙은 벚꽃나무 같이 살아 보려고 한다.

가는 세월이 매정하기도 하고 해야 할 일은 태산 같은데 젊을 때 깨닫지 못함은 유독 나뿐만이 아니지만 그래도 그 당시의 젊은 청춘답지 않게 미래를 위해 인생 계획표를 써놓고 열심히 살아온 지난 청춘이었기에 아쉬움은 더욱 크다.

와이셔츠 속으로 스며드는 가을 저녁 바람이 오늘은 유난히 찬 것은 남은 나의 삶에 대한 의지가 약해진 것도 아닌데 아마 조금은 이제 삶을 관조하는 단계에 오지 않았는가 생각해 본다. 늘상 우리의 삶이 오늘과 내일에 속고 힘들어도 변하지 않고 불평하지 않는 자연을 보며, 늦게나마 하나씩 배우며 나 자신을 격려하고 가을 저녁 산책을 마친다.

길

아무도 대답하지 않는다.
여기가 어딘지 모른다.
알 수 없는 사이
차츰 작아지는 석양을 보면서
조금씩 노을이 사라지면
누군가 세상을 떠나고 싶은 날
나는 길을 잃었다.

너를 바라보는 나의 시선은
파도처럼 바스러지고
무한한 공간에 빠져든다.
언젠가 하얀 세상이 되면
마음껏 생명의 가루가 되고
눈물이 되고, 환희가 되고, 사랑이 된다.

한 알의 가루가 사랑이라는 낱말이 되어
손 안에 녹을 때 잊었던 사색들이
다시 모여 나의 길을 비춘다.

가을저녁 산책

내일을 위해

　오늘은 지인의 아픔에 중환자실로 문병을 갔다. 나도 몹시 피곤하고 쉬고 싶으나 사람도리를 위해서, 후배는 6시간의 긴 수술이 끝나고 중환자실에 누워 있다. 환자의 안위에 긴긴 시간 동안 눈물로 같이 아파하는 보호자들의 아픔과 그 눈물을 더 보지 못하고 그냥 돌아서야만 했다. 가슴 저리는 아픔을 뒤로한 채 그렇게도 열심히 살려고 노력하였던 꿋꿋한 후배였는데 뇌출혈, 혈관을 막고 있는 혈전을 걷어내는 수술. 내일을 알 수 없는 우리네의 삶이지만 후배 가족들의 안타까움을 뒤로한 채 또 우리는 우리의 삶을 살아야 하는 기막힌 삶의 방식입니다. 저 하늘 높은 곳에서 부르면 조건 없이 가야만 하는 인생이지만 그래도 오늘도 내일도 열심히 살아야겠죠? 다만 우리의 삶이 힘들 때 힘들지? 하고 같이 걸어주는 동반자가 있다면 조금은 우리의 삶이 덜 외로울까 합니다.

교육은 무엇인가

늘 하는 말이지만 세상에서 벌어지는 비상식적인 일들과 범죄 부정과 부패를 줄일 수는 없을까……, 헐벗고 굶주리는 자식을 위해 어쩔 수 없이 저지르는 도둑질이나 범죄는 오늘날 생각할 수가 없다. 그만큼 살기 좋은 세상인데 예전보다 더 잔혹한 범죄와 부정과 부패는 가진 것이 없고 못 먹고 못 살아서가 아니라 더 가지고 싶고 더 잘 살기 위해 잠시의 향락을 위해 저질러지고 있는 것이다.

모든 범죄와 부정과 부패는 궁극적으로 원인을 분석하면 교육의 부재라고 말하고 싶다. 가르침의 주제인 제대로 된 인품을 갖춘 교사에게 인성교육을 배웠다면 정치에서나 기업에서나 사회 각 분야의 어느 곳에서도 부정과 부패를 줄일 수 있으련만 대선 때만 되면 교육개혁을 공약으로 외쳐 불러도 흐지부지 끝내고 만다. 교육은 백년지계라고들 말만 요란하게 외쳐도 변하는 것은 아무것도 없다.

중학교 2학년 때의 일이다. 배고픈 시절이었다. 제대로 먹지 못해 등교 중 빈혈로 쓰러져 결석을 하였는데 담임선생님이셨던 박원관 선생님은 후일 그걸 아시고 3학년 졸업할 때까지 등록금을 장학금이라는 명목으로 도와주셨다. 처음에는 몰랐지만 내가 장학금 받을 정도로 공부를 잘하지 않았기에, 그 등록금을 선생님께서 대납해 주신 것을 나중에야 알았다. 지금도 소명의식을 가지고 제자들을 측은지심과 애정으로 가르치는 교사가 없다는 것은 아니지만 변해버린 사회구조가 교직은 성직이라는 귀한 닉네임은 잊혀진지 오래다.

참으로 교육이란 짧은 지식 몇 개 가르치는 것이 아니라 넓은 세상에 나아가 즉응할 수 있는 지식을 응용할 수 있게 가르치고 사회에 나아가 한 개인으로서 사회의 일원의 소명의식을 가지고 빛이 되고 소금이 되게 인성을 교육하는 것이라고 과감히 말하고 싶다. 경쟁 속에 살아가는 모든 사회인들은 이해할 수 없을지 몰라도 그 치열한 경쟁 속에서도 제대로 교육받은 인성이 살아 있으면 좀 더 이 세상이 맑고 재미있는 세상이 될 수 있을 것이란 나의 생각이 틀린 것일까?

반성문

마침표를 찍을 때면 앞쪽을 본다.
때가 되면 내려놓을 줄도, 돌려줄 줄 아는
환한 이별을 즐길 줄 아는 사람으로

스스로 선택한 작은 소로길
어둠의 저녁은 다가오고
마지막 촛불의 심지가 연소하는데도
질기게도 허욕을 쫓는 군상들

한 걸음이 천금의 무게가 되어도
아직도 밝아 오지 않는 여명을 기다리며
맨몸뚱이 새벽바람 차가워도
누군가 거두어 갈 어둠을 지켜본다.

붉은 옷을 입을 때까지
새로운 출발, 여백을 채우기 위해
하지만 남은 여백은 목화솜처럼
조금은 따뜻하게 써 볼까 합니다.

교육은 무엇인가

전당포 이야기

전당포의 유래는 조선 시대로 거슬러 올라간다.

조선 시대에는 따로 대부하는 업이 없고 부자를 찾아가서 빌리는 형태의 사금융의 형태였다. 1894년 청일전쟁 이후에 일본인이 한국에 들어와 전당포 형태의 사채업을 시작하였다. 전당포는 특히 도시의 서민들 사이에서 필요할 때 돈을 빌려 쓸 수 있는 유용한 수단이었다.

하지만 높은 이율은 전당포를 고리대금의 대명사로 여겨지게 만들었으며 강도들의 주요 범죄 대상이 되기도 했다. 일제 강점기에는 일본 자본이 조선을 침탈하는 창구 구실을 하기도 했다. 당시 일본의 전당포와는 달리 한국에서는 부동산도 담보로 취급하였다.

전당포 사업은 세월에 따라 전당포의 인기 품목은 바뀌었는데 1970년대에는 트랜지스터라디오나 텔레비전, 시계 등이 인기였고 1980년대에는 비디오플레이어, 컴퓨터 등이 주요 품목이었다. 귀금속 등은 아직도 인기 품목이며 최근에는 명품 패션이 주종을 이룬다.

전당포 하면 먼저 떠오르는 아련한 추억이 있다. 전당포 주인은 외부와 밀폐된 감옥 같은 방에서 고객들을 맞이한다. 그리고 저당물을 감정해서 흥정을 하고들 한다. 지금은 이미 사양길에 접어든 업종이지만 간혹 한두 개씩 보이기도 한다.

해방 후, 한국전쟁이 끝나고 민초들의 삶이 피폐해지고 대체로 입에 풀칠을 하기 위해서는 하루 벌어서 하루 먹는 피난 시절이나 다름없었다.

가장은 막노동 일을 찾아 거리를 헤매지만 날품팔이 일마저 찾기도 힘들었으며 언제나 하루 끼니를 걱정하며 살아야 했다. 하루 일당으로 보리쌀 봉지 하나 사 들고 산비탈 달동네로 향하는 무거운 마음 내일은 또 무슨 일을 해서 식구들 끼니를 때울까 걱정이다. 하루 일을 공치는 날이면 입던 잠바를 전당포에 맡기고 급전을 얻어 쓰기도 했던 시절 전당포는 가난한 가장들의 마지막 탈출구였다. 시집오실 때 가져온 금반지며 재봉틀을 이고 전당포에 찾던 우리네 어머니들 그 돈으로 입학금을 마련하고 학교를 보냈다. 삶의 애환이 서려 있는 전당포는 철창이 서로 흥정을 한다. 2천환만, 아니 천환만 더 쳐달라고 애걸을 해보아도 주인은 위아래로 보면서 어디서 훔친 물건이 아닌지 의심도 했다.

당시 한 달 이자가 5부였고 너무 비싼 이자 때문에 이중의 고통을 겪으면서 어쩔 수 없이 이용해야 했고 대학생들은 유명한 만년필까지 맡기고 돈을 썼다.

전당포에서는 기간을 두고 계약서를 작성하는데 기한까지 찾지 않으면 공매 처분을 한다. 그러나 찾아가지 못한 사람들이 더 많았다고 한다.

가난한 60~70년대 거리에는 "금이나 은 채권 삽니다. 고장 난 시계 라디오 삽니다." 하는 소리가 들렸다. 돈이 급하고 궁색한 살림에 아꼈던 물건까지 장사꾼에게 넘겨야 했다. 장롱도 없던 시절 양복과 치마저고리를 세탁소에 보관도 했다. 그나마 옷이 없는 사람들은 맞선이나 입학 그 외 경조사 참석할 때는 세탁소에서 돈을 주고 옷을 빌려 입기도 했다. 당시 전당포는 성업이었다.

명절 때 제사는 지내야 하는데 돈이 없으면 돈이 될 만한 것 싸가지고 전당포에 맡기고 그 돈으로 제사음식을 차렸다고 한다.

사람 다니는 곳이면 좌판을 벌여 억척스럽게 살았고 일본말로 다로모시로 통했던 계는 서민들의 재테크였다. 목돈을 마련해 살림이 나아지기도 했지만 계주가 도망 갔으며 계원 중 누가 자살했다는 기사가 끊이지 않았던 안타까운 시절이기도 했다.

필자가 고2 때의 소년 가장 시절 이야기이다. 야간 재학 중 낮에 다니던 직장이 문을 닫자 5식구의 생활비 2,000원과 3개월 등록금이 980원이 없어 엄마가 한 푼 두 푼 모은 돈으로 고교입학선물로 사준 시티즌 시계를 저당 잡혔는데 결국은 찾지 못하고 날린 기억이 있다.

세월의 흐름은 돈의 흐름도 바꿔놨다. 옷가지 재봉틀을 맡기던 시절에서 고급시계 반지 밍크코트 비싼 악기 이런 귀중품을 맡겨 돈을 융통해서다. 요즈음 전당포 간판이 거의 없고 주로 은행을 이용하지만 그 옛날 그 힘든 시절 조금이나마 숨통을 트여주었던 전당포에 대한 추억과 아픔을 간직한 수많은 사람들이 있었기에 오늘날 편리한 세상으로 바꿔놓지는 않았는지......,

전당포 이야기

제 4 부 그늘진 인생

레미제라블을 보면서

레미제라블은 프랑스의 작가 빅토르 위고가 지은 장편 소설인데 주인공 장발장의 불우한 일생을 중심으로, 사회의 박해 속에 인생을 저주하던 한 영혼이 신부님의 사랑으로 구제되는 과정을 묘사하였다. 빵 한 조각을 굶주린 조카에게 먹이려다 도둑으로 잡혀 19년을 노예처럼 죄수로 보낸 장발장의 삶을 그린 뮤지컬 영화이다.

어릴 때 아련한 기억으론 20년을 죄수로 살다 도망가다가 성당에서 은촛대를 훔치다 잡혀서 온 장발장을 구제하기 위해 신부님이 경찰에게 "훔친 것이 아니다"라고 하여 방면받게 해준 기억만 어렴풋이 남아 있다. 전체 줄거리 및 소설의 주제는 말할 것도 없고 결과도 몰랐는데 하도 좋은 영화이니 보라고 주위에서 권유했으나 기회를 잃어버리고 수 일 전 VOD를 통해 보는 기회를 가졌다.

기본 줄거리는 빵 한 조각을 굶주린 조카에게 먹이려다 도둑으로 잡혀 19년을 노예처럼 죄수로 보낸 장발장은 19년의 형기를 마치고 가석방된 장발장은 사회의 냉대 속에 도망 다니다가 어느 성당에서 하룻밤 유숙하면서 은촛대와 성당의 집기를 훔쳐 달아난다.

경찰에 잡혀 다시 성당에 끌려온 후 신부님의 사랑으로 구제받은 후 사랑을 알게 되고 그의 생각은 '사회에 대한 편견과 원망을 버리고 변화한다' 가석방 후 종적을 감춘 뒤 장발장은 8년 만에 작은 도시의 시장으로 변하여 복지사업을 하고 있다. 장발장을 쫓는 자베르 경감도 알아볼 수 없이 변화된 장발장의 공장에서 사건의 본론 전개가 시작된다.

그 공장에서 일하는 여주인공 판틴은 남편에게 버림받고 어린 딸을 양육하고 있다. 여직원들의 시기로 직장을 잃고 거리의 여인으로 변한다. 삶에 지쳐 죽어가는 판틴을 구한 장발장은 판틴의 임종을 지키며 그녀의 딸을 거두기로 한다. 장발장을 의심한 자베르 경감의 추적 속에 여생을 판틴의 딸 코젯트를 사랑으로 키우며 생을 마감하는 내용이다.

장발장이 8년의 세월 속에 작은 도시의 시장으로 변하기까지의 고초에 대한 삶의 감동보다 자신은 시장으로 변해있고 자기를 닮았다는 다른 죄수가 대신 옥살이해야 하는 상황에서 지금까지 쌓아 올린 명예와 부를 다 버리고 다시 죄수의 생활로 돌아가야 하는가!

아니면 눈감고 모른 척 외면하면서 복지사업을 할 것인가에 갈등한 장발장은 그는 옛날을 생각하며 신부님이 자신을 용서하며, 사랑을 일깨워준 그리스도의 사랑을 생각하면서 드디어 결심하고 법정에서 양심고백을 하는 장발장- 나는 이 장면에서 가슴 밑바닥 깊은 곳에서 무엇인가 차오르는 느낌으로 고통스러웠다.

이 세상에 어느 누가 죄에서 자유로울 수가 있겠냐마는 세상의 증오로부터 사랑으로 돌아선 장발장의 모습에서, 나는 나 자신의 너무나 초라함을 느꼈다. 그리고 탈출하고 싶었다. 나의 부족과 허물과 죄에 대한 인식이 나를 괴롭힘에서 탈출하고 싶었다. 그리고 결국 TV를 더 이상 볼 수가 없는 나 자신이 되고 말았다.

레미제라블은 동화나 소설 영화 뮤지컬 등으로 극화되었는데 내가 본 내용의 영화가 아카데미상 후보의 작품이라서, 그리고 배우의 연기력도 더욱 아니고 장발장의 삶의 고뇌 속의 갈등과 양심선언의 용기에 나는 더 이상 그 영화를 볼 수 없어 TV를 꺼야만 했다.

장발장의 양심고백 앞에 나의 부족과 허물이 나의 가슴 속에 살아났고, 부끄러웠고 더 이상 지켜볼 수 없는 나 자신의 허물이 TV를 끄게 한 것이다. 그러나 결국 1주일 동안 내 마음 밑바닥의 괴롭힘 속에서 결국 다시 보고야 말았다. 거금 4,000원 손해를 보고 1주일 이후에 다시 4,000원을 재투

자하여 보게 된 것이다. 내 가슴속의 영혼의 밑바닥에서 올라오는 양심의 고통이었다. 이러한 나의 심적 고통은 장발장의 양심고백이 내 영혼을 송두리째 뒤흔들어 놓았다는데 문제가 있었다.

다만 글을 쓰고 작품을 통해 진실을 그려내야 할 문인으로서의 기본을 갖추어야 한다는 것에는 변함이 없다. 우리 인생의 모든 삶 속에 부족과 허물과 죄악을 나 자신은 어떻게 합리화하여 온 것인가?에 대한 자신을 돌아보는 고통스럽지만 귀한 시간이었다. 수많은 사람들이 자신의 자리를 지키려고 타인을 모함하고 청탁과 부정으로 삶을 영위하는 모든 사람들에 장발장의 양심고백은 얼마나 큰 도전이었을까? 장발장, 적어도 나에게는 한편의 뮤지컬 영화가 아니었다. 너무나 큰 양심의 도전이었다.

감사노트

반겨 줄 사람이 없어서 여기까지 온 것이 아닌데....

등대의 한 쪽 귀를 당기는 갈매기의 무거운 소리는 그곳에 무슨 애착이 있는지....

등대까지 힘차게 달려보았다. 만용의 덕분으로 이틀 동안 허벅지와 종아리는 호강했고, 저무는 붉은 태양을 붙들고 싶지만, 바다는 속절없이 밝음을 익사시켜 버리고 광안대교의 불빛이 밝음을 대신한다.

한 해를 보내면서 내가 아니면 안 된다고 하는 것이 우습고, 또 할 수 있는 일도 안 하는 것도 우습다. 칠 년 가까이 조금씩 써 내려온 서너 권의 갈피에는 역시 눈먼 시각장애인이 되어서 페이지마다 새로운 감사가 가득하다. 잘도 여기까지.......

금수저 은수저 논하기 전에 아예 수저도 없이 태어난 사람도 있고 성공 가도를 달리는 사람들 그리고 실패하고 엎어지는 사람들도 있지만, 어차피 한 줌의 흙인 것을······· 조금은 감사하고 한 해를 마감하고 싶다.

굳이 "반소사 음수로 -- 어아에 여부운"이라는 논어를 읊지 않아도 누가 쉽게 삶의 행복과 불행을 유추하리오!

처음엔 감사 노트를 쓰면서 감사할 일은커녕 힘든 일, 상처받은 일밖에 없었는데 계속 적고 비우다 보니 모든 것이 감사뿐인 것을 알았다. 얼마 전 가벼운 교통사고인 줄 알고 무심히 보낸 시간에 목 디스크가 생겨 한 달 넘게 고생하고 있다.

오늘은 이것도 감사해야 할 일들이다. 이 정도로 다쳐서 그래도 감사한다.

아직도 마음과 혈기를 다스리지 못해 못내 아쉽고 한심하지만 이것 또한 감사할 일이 아닌가, 이렇게 조금씩 매일 긍정적인 시각으로 보려는 나 자신의 태도에서 발전하고 나아간다는 그 자체에 비중을 두면 모든 것이 감사할 뿐이다. 생각해보면 가장 중요하고 감사해야 할 일은 매일 적는 감사노트인 것이다. 새해엔 조금은 고급노트로 옷을 입히고 싶다.

잃어버린 얼굴

두려움 없이 약속의 땅만을 고집하고
세상과 겨루며 달려온 세월
기억 못 할 작은 일 한 꺼풀씩 벗긴다.

아쉬움, 그리움, 후회와 황혼의 거울을 보며
어느덧 먼 산에는 눈꽃이 피고
오만과 방종을 버리고 만족하는 모습을 본다.

높은 소망의 꿈, 다 버리고 작은 기쁨을 찾는다.
언제나 진실을 보여주려고 침묵으로 일관하지만
세상에 한없이 울어버린 굳어있는 연약함.

세월 따라 변해버린 낯선 이방인
아직도 열정이 넘쳐 온몸으로 사랑할 수 있다고
매일 흐르는 세상의 모진 바람 이기려 한다.

달려온 세월만큼 쉬고 싶지만
무거운 발걸음 미래를 조각한다.
참으로 실패를 싫어하고
나그넷길을 싫어하는 한 사내를 보았다.

감사노트

삶의 방정식

요즘은 만나는 사람들의 공통된 기본 화제가 참 살기 힘들다고, 저마다 얘기를 한다. 어지간히 어린 시절부터 어려움에 대한 훈련이 된 나도 예전보다 모든 것이 편하게 넘어가는 것이 없다.

조그만 것을 하려 해도 여기저기 규제도 많고 인허가도 까다롭고 매사에 장애물이 많으며 특히 자금이 잘 돌지 않는다. 다들 힘들다고 생각하는 사람들이 과반수는 훌쩍 넘어서고 있으니 이런 현상 중에 확실한 것은 결코 엄살이 아니라는 말이다. 점점 국격은 높아지며 수출은 증가되고, 국민소득도 증가 되는데도 저마다 힘들다고 난리다.

60년대보다 행복지수는 떨어지고 자살률은 높아지고, 범죄는 더욱 흉악해진다 어디서부터 우리의 삶이 이토록 질적 가치관이 떨어졌는지 알 수가 없다. 물론 삶의 질적 수준의 기본 설정이 상향된 것은 틀림없지만 중요한 것은 노력하고 애를 쓴 만큼의 대가가 자신들의 삶의 문화적 수준에 충족이 되지 않기 때문이라고 말하고 싶다. 일반인들에게 말하면 궤변으로 들릴지 몰라도 사실이 그러하다.

우리가 젊을 때엔 청춘이란 한마디의 위로로 힘든 과정을 어려움 속에서 버텨왔다. 지금은 그것이 통하는 세대가 아닌 것이다. 연속적인 생계형 자살이 증가하는 세대에 살고 있는 우리는 정말 불행한 세대에 살고 있는 것일까?

내가 힘들 때 손을 내밀어도 손을 기꺼이 잡아주는 좋은 사람은 그리 흔치 않다. 우리의 사회구조가 점점 메마르고 있다. 왜일까? 각종 단체 및 정치, 연예인 등 모든 사람들이 기부사업을 하는 것도 진정 봉사와 사랑을 베푸는 것보다 사진부터 찍으려 한다. 얼마 전에 읽은 책 (지금 힘들다면 잘하고 있는 것이다 : 전옥표)에서 참으로 이런 상황에서의 귀한 답을 얻을 수가 있었다. 저자는 이렇게 말한다. "세상을 살아가면서 어려운 일이 와도 견뎌내고 꿈을 이루어낼 수 있는 힘을 찾는 길은 지금보다 더 힘든 상황에 처하지 않음을 감사해야 하는 것이다" 맞는 말이다.

우리의 삶이 하던 일이 막히고, 제대로 풀리지 않을 때 우리의 마음을 너무 몰아세우면 자신이 더욱 힘들어진다. 참으로 IMF 때 가장 힘들었던 시절에 가장 어려운 자는 자영업 또는 중소기업들이었다. 금리가 월 30~50%까지 올랐다.

나도 예외는 될 수 없었고 힘든 와중에 마음의 쉴 곳을 바라던 나의 가정도 허물어졌다. 우리 삶이 자신의 재발견으로 자신을 사랑하는 마음에서 모든 일이 풀릴 수가 있다고 본다. 내가 자신을 사랑하지 않고 무엇을 사랑할 수가 있을까?

세상이 우리가 원하는 방향으로만 가게 하지 않는다. 그렇다고 누구를 원망하겠는가. 전쟁할 때 장수가 무기를 핑계 대지 않는다고 한다. 너무 힘든 것은 시간에 맡겨보고, 순간순간 마음속의 짐과 고민을 메모하며 하나씩 내려 써본다. 그리고 나 스스로를 사랑하며 격려를 한다. "나는 해법을 찾을 수가 있다"고 반문하면서 스스로에게 용기를 밀어 넣으며 한 문제씩 인생방정식을 풀어본다.

나는 지금도 찾고 있다. 늦다고도 생각지 않고, 하다가 때가 되면 부르면 갈 것이고 그냥 처한 상황에 감사하며 사는 삶이 복된 것을 알고 있기 때문에 내가 나의 삶에 가장 즐거워하는 일이 무엇이며 가능하면 그 일이 다른 사람에게도 작은 의미가 될 수가 있는 일이라면 금상첨화가 아닌가.

그리운 사람

　몸이 아플 때는 유난히도 그리운 사람이 생긴다. 사업도 힘들고 직원들의 복지와 급료 등이 물리면 더욱 힘이 든다. 우리 인간들은 무엇에든지 힘들고 고통이 따를 때 의지하고 싶은 본능이 있는가보다 허리가 안 좋아 혼자서 힘들어할 때 역시 그립고 보고픈 사람이 있다. 부족한 사람을 위해 늘 병약한 몸으로 새벽기도를 빠짐없이 나가며 기도하신 그리운 우리 엄마 많이 보고 싶다.

　그리운 엄마!

　벌써 40년이 지나고 50년이 다 되어가는 옛날이다.

　내 나이 이제 곧 7학년이 된다. 그 당시에는 주로 집을 지을 때 지붕은 판자나, 양철 도단이나 루핑(기름칠한 두꺼운 종이에 굵은 모래 덧입힌 지붕 재료)을 주로 사용했다. 14살

때의 이야기다. 하루는 비가 오면 물이 새는 지붕 수리를 위해 엄마랑 십리 길을 걸어서 루핑 제조공장에서 장판처럼 두루마리 된 루핑 2단을 등에 걸쳐 메고, 엄마는 나무피죽(루핑을 지붕에 고정시키기 위한 나무 쫄대)을 머리에 이고서 먼 길을 걸어서 집으로 왔다.

오는 도중에 나의 등에 걸친 2개의 두루마기가 걸음을 걷다 보니 서로 스쳐서 등이 몹시 따가웠다. 아픈 시늉도 못 내고 먼 길을 걸어서 집에 도착한 나의 등은 피부가 까져서 온 등판이 핏물이다. "그렇게 아프면서 왜 참고 왔느냐?"고 우시면서 나무라는 엄마에게 마음속으론 '엄마! 내가 어서 커서 좋은 집 지어서 행복하게 해줄게요.' 하면서 마음속으로 결심한 것이 벌써 세월이 흘러 사랑하는 어머니에게 똑바른 효도 한번 제대로 못하고 늘 근심과 아픔만 드리고 하늘나라 보내신 못난 자신이 너무도 밉다.

하기야 어려서 효자 소리 들으며 엄마 마음을 어찌하면 편하게 해드릴까 생각하며 살았지만 가시고 나니 다 부질없다. 우리의 삶이 그리운 사람 떠나보내고 난 뒤 나 자신이 여유가 있고 행복하면 상대의 아픔을 느끼기 힘들다. 내가 힘들어 봐야 상대도 어려운 것을 알고 배려할 능력이 있을 때 가능한 일이다.

이제 한해도 저물어 간다 한해에 많은 일들이 우리들을 스쳐 갔다. 행복한 순간들, 아프고 마음의 상처가 있었고 많은 사람들이 스쳐 갔다. 사람의 인연이란 묘한 것이다. 살면서 만난 모든 사람들이 다 좋은 인연이라면 얼마나 좋을까 지나고 나면 만난 사람 중에서 좋은 인연도 악연도 있다. 하지만 악연이라는 것도 가만히 들여다보면 이 악연이라고 하는 것이 모두다 나의 부족으로 좋은 인연을 맺지 못한 것이 더 많다.

늘 맘에 걸린다. 내가 조금 양보하고 조금 더 다가갔으면, 그리고 조금 더 손해를 본다면 좋은 인연이 될 수도 있었는데 한 해가 또 가려 하니 그리운 사람 그리고 아쉬운 만남의 인연이 새로이 다가온다. 그리움이란 것이 묘하게도 힘들 때 더욱 더 그리운 것은 웬일인지 모르겠다.

그리움을 좇으려는 방법을 시도해보았다. 글도 쓰고 음악도 하고 일에 미쳐도 보고 유행가 몇 곡을 모르는 내가 이제 노래방에서 캔 커피 시켜놓고 2시간을 연속으로 열창하는 제법 가수 못지않은 솜씨가 될 정도로- 허-허 하지만, 그리움은 가시지 않는다. 멀리하면 할수록 그리움이 비례해서 커지는 것이 그리움의 속성인가보다.

그래서 생각해보았다. 그리운 사람이 평소에 내가 하기를 원했던 것이 무엇인가?

그리움의 대상은 나를 사무치게 사랑했던 사람들이다. 연인이든 부모든, 그들은 모두 내가 행복하기를 바라는 사

그리운 사람

람이 아닌가? 그렇게 생각하고 나니 이제부터 그들의 원하는 내가 되어야 한다고 생각하며 스스로 내가 행복해질 수 있도록 마음을 고쳐 먹어본다. 과연 그러면 그리움이 얼마나 해소될지. 그리움의 해소 방법은 없을까? 이 밤에도 글을 쓰며 그리움과 사랑했던 사람들의 내음이 그리운 것을……

그리움의 의미

보이지 않는 먼 그리움은
밤하늘의 별이 빛나는 것처럼
또 하루를 보낼 때마다
이름 짓지 못한 기다림입니다.

때로는 소나기처럼, 폭풍처럼
그리고 파도처럼
다가오는 애타는 그리움이기에
깊이를 헤아릴 수 없는 바다에 빠집니다.

왠지 모를 이 그리움의 아픔이
나 자신 때문이었음을 깨닫고 나서도
차마 내색 못 하는 내면의 외침인 것을

그리운 사람

제 5 부 젊음의 회상

가슴 한 쪽 서린 날

　겨울 저녁의 새벽까지 여자의 가슴속으로 우는 울음이 조금씩 비집고 나오는 소리는 고요한 밤에 판자촌의 방음 안 된 벽 사이로 흐르는 눈물은 늦게 자지 않는 나의 귀에는 천둥소리와 같다. 옆집에 기름 장사하는 40대 후반의 아저씨가 폐결핵과 중풍으로 고생하시다가 지병으로 돌아가신 것이다.

　나는 고3 학생으로 주경야독하며 대입을 준비하는 어린 학생 시절이었다. 밤늦게 우는 당사자는 첫돌을 지난 아이의 엄마, 죽은 기름집 아저씨의 미망인이다. 나는 내가 아는 상식으로 시신을 수습할 초와 탈지면과 소독약을 준비해서 염을 끝내고 위로하고 돌아왔다. 당시엔 폐병과 중풍으로 죽은 시신은 누구도 겁이 나서 돌아보지 않지만 평소에 공부할 때 쓰라고 이면지 연습장을 내게 주면서 "열심히 공부해서 홀로 계신 엄마를 위로해 드리라"며 격려해 주신 기름집 아저씨의 시신을 수습하는 것은 무섭지는 않았지만 아줌마의 밤늦게 서러운 울음소리가 내 마음을 움직였던 것 같다.

누구나 가끔은 한 번씩 울고 싶은 날이 있다. 아무도 보지 않는 공터에서 마음껏 울고 싶은 날이다. 너무도 건강해서 천년만년 동안 살 것 같았던 나의 건강이 갑자기 시한부도 아니고 언제든지 쓰러져도 하나도 이상할 것 없다는 심장내과 주치의의 진료 결과이다.

뼛속까지 파고드는 아픔이 가슴을 도려내어 가슴을 치고 있다. 몸과 마음이 나누어져 어린 시절의 기름집 아주머니의 절규가 나의 뇌리를 스친다. 아직도 내가 세상에서 짐을 들어주고 정리해야 할 일들이 너무도 많고 아직도 앞만 보며 살아오다가 여행 한번 다니지 못했고, 억울하다.

그리고 나로 인해 아파했던 사람들을 위로해 줘야 하는 모든 것들, 나에게 의지하고 있는 직원들, 사랑하는 사람들 등이 나의 머릿속을 복잡하게 한다. 톨스토이는 "죽음에 저항하는 모든 활동을 인생"이라고 했다. 하루 또 하루를 보내며 아침에 일어날 때의 살아있다는 감사함으로 새 하루를 시작하는 나의 삶은 유서를 써놓고 매일을 마지막같이 생각하며 평소에 고맙고 만나지 못한 사람 감사한 사람 하나, 하나를 챙기고 삶의 마무리를 조용히 준비하며 오늘 또 하루를 ~~오늘도 대견함으로 무사함을 감사히 보낸다.

믿음이 사라질 때

이 세상에서 가장 마음이 괴로우며 분노지수가 높아질 때가 있다. 바로 믿었던 사람에 대한 신뢰가 무너질 때이다. 인생을 살아오면서 나 자신은 타인을 배려하며 신뢰를 지켜왔으나, 수없이 배신을 당하다 보니 이 사람만은 하고 믿었는데 그것도 내가 힘들고 아파할 때 나를 도와주고 격려하던 사람이 결정적일 때 나를 저버리고 자신의 유익만 챙기며 떠나는 상황은 생각하기도 싫다.

이 세상은 상식적인 사람보다 비상식적인 사람들이 많다는 것을 지나온 삶을 돌이켜보면 나만 유독 그런 것만은 아닌 것 같다. 어찌 인생의 긴 여정 속에 나와의 인식과 가치관이 동일하여 만족한 사람들만 있을 수 있겠냐마는 그래서 차선으로 만족하며 사는가 보다. 나이가 65세 이후가 되고 나면 인생의 마무리에 접어들게 되고 남은 수명은 15~20

년 남짓이 된다.

자녀, 재산, 지위 등 정리하고 고민할 것들이 많아지게 된다. 여러 가지 할 일들이 갑자기 많아지게 되는 것을 느낄 시기이다. 무엇보다 중요한 것이 건강이고 남에게 손 벌리지 않는 작은 물질이고, 서로를 알아주는 지기이다.

이 마무리 인생을 다듬어 나갈 시기에 믿었던 친구의 배신은 참으로 마음이 아플 수밖에 없는 이유이다. 마무리에서는 정신과 육체의 건강도 중요하지만 지기를 잃지 않고 양보와 겸손 베풂과 사랑이 있다면 아름다운 마무리가 될 수 있는데 베풀고 인색하지 않고 가진 것을 놓기 싫어하지 말고 후하게 주는 나눔의 지혜가 필요한 것 같다.

그리고 나의 삶의 경험에서 터득한 지혜를 자녀나 지인들이 듣기를 원하고 공감해줄 수 있다면 뭔가 쓸모 있는 건강한 노인이 될 수 있다면 그것이 나의 조그만 보람이다.

무정한 세월

    우리 인간이 오관으로 느끼는 시간과 세월은 변해도 우리가 몸담아 살고 있는 우주 만상의 자연만물은 수억만 년이 되어도 조물주가 만들어 놓은 그대로 아무 변함이 없다. 다만 근래에 와서 인간의 욕심으로 지구 온난화로 기후 변동이 생겨, 북극 얼음이 녹으면서 해수면이 높아지고 기상변화가 속출하는 것은 우리 인간들의 자연 파괴의 결과물이다.

    인간 수명이 100세가 되었다고들 하지만 삶의 내용과 질에 대한 것은 인생 70 고래회와 무엇이 다를까 생각해 본다. 환갑이나 칠순잔치를 벌여 축하를 받고 흙과 더불어 묵묵히 천직을 다 하다가 무슨 병인 줄도 모르고 천수로 알고 자식들의 애도를 받아 가며 생을 마감하는 옛사람의 삶과, 온갖 경쟁에 시달리며 각박하게 살다가 50~60대에 직업마저 잃고 가장으로서의 위신은 추락되고 자식들에게 호강은 고사하고, 건강이 악화되면 요양원 신세로 전락하여, 나중에는 싸늘한 병실에서 눈을 감는 현대인과 비교한다면 편하고 재미있고 만사 풍족한 것만이 행복의 전부가 아니라는 생각이 든다.

어지럽기 짝이 없는 오늘을 사는 우리가 과연 행복한가를 조용히 생각해 본다. 무엇보다도 평화롭고 안정된 세상과 환경, 마음의 평온과 삶의 여유 그리고 조상이 물려준 건강한 육신이 인간 행복의 척도가 아닐까. 며칠 전 같이 느껴지는 새해가 벌써 한 해가 저물고 있다. 여름이면 덥다고 땀을 닦다 보면 가을이 오고 단풍이 지면 벌써 가을이 가고 찬바람이 분다.

흐르는 무정한 세월을 보노라면 사람들은 자기 나이에 비례해서 세월이 빠르다고 탄식을 한다. 천지가 개벽할 만치 변화된 21세기의 산업화, 기계화, 정보화 시대를 맞아서 우리뿐만 아니라 인류 전체가 흐르는 세월의 속도라는 괴물에 지배를 당하여 차근히 제정신을 차릴 여유가 없다.

오늘 하루도 하루 종일 업무를 마치고 서재의 창문 너머 맑게 갠 가을 하늘의 흰 구름에 이런저런 온갖 상상을 해보지만 늘 감사한 마음이 앞선다. 칠순을 바라보지만 아직 나를 필요로 하는 직장이 있고 늘 함께하는 글 쓰는 서재에서 마음을 다스릴 시간이 아직은 건강치 못한 몸이라도 한 글자, 한 글자 그려 가노라면 고맙고 늘 감사할 일이다. 한 편에는 건강이 따라주지 않으니 이런 푸념 섞인 글도 얼마 남지 않았으리라 생각하며 PC를 보는 눈도 많이 어두워졌으나 다시 한 번 더 구름 지나간 먼 허공을 멍하니 쳐다보며 무정한 세월에 푸념을 늘어놓는다.

무정한 세월

비상 출구 계단

오늘도 18센티 높이의 태산 같은 장애물
한 걸음 두 걸음 능선을 오른다.
나에게 묻는다. 승강기는 뒀다. 뭐하나

줄 대기도 없어 타지도 못하는데
웬 승강기…….
늘 세월의 한쪽 벼랑을 타고 걷는다.

길을 잃은 것도 아닌데 휘청거리고
지쳐 느려 빠진 시간을 당기며
모퉁이 원을 그린다.

늘상 그렇게 세상의 믿음에 발목 잡히고
한 칸씩밖에 오르지 못하고 지친
나를 보며 푸념하며 찌푸리는 각진 모서리.

이제 고지가 바로 저긴데…….
긴 한숨에 어깨 걸치고 또 한 능선에 다다른다.
지나온 길 돌아보지 않고 마지막 능선을 올려다본다.

마지막 모서리가 애처롭게 쳐다보며 웃고 있다.
지금까지 잘도 이렇게……. 수고했다고

세월에 작아지는 나

젊음이란 마음에서 와서 속절없이 흘러가 버리는 것인가! 계절마다 온갖 자연은 흘러가도 새봄에 싹트고 새로운 변화를 가져오지만 한 번 간 인생은 다시 오지 않는다. 날씨는 점차 차가워지는데 억새풀만이 새하얀 꽃잎을 굳건히 세워 바람에 휘날린다. 지난 세월 돌이켜 보면 그 세월 앞에는 스스로 한없이 작아지는 나의 자아다. 삶의 지난 언덕을 되돌아 보면 행복은 스스로 나의 마음속으로 느끼는 것이지 누가 나에게 던져 주는 것이 아니다.

행복은 누구나 주체적으로 당당하게 살아야 느낄 수 있는 것이지 도달할 수 없는 미래에 찾을 것도 아니고 현실에서 찾아야 한다. 돌이켜 보면 주위 사람들은 노년에 자식들의 위로를 받으면서 즐거운 노년생활을 여는데 오늘따라 나의 삶이 왜 작아지는가! 부족하고 가진 것 없는 맨손의 삶 속에서 무던히도 앞만 보며 살아왔는데 모든 것이 나의 무능함과 절제되지 못한 나의 자책으로 이어진다.

인생의 말로는 누구나 이렇게 무능하고 볼품없는 것은 아닌데 하기야 현재와 같은 핵가족 사회에서 자녀에게 의지한다는 것은 자체가 어리석고 따라서 노년에도 경제적으로나 사회적으로 자체 해결해야 되며, 자녀에게 의지해야 할 구조는 아니다.

자연과 생명은 세월 속에 끝없이 변해가지만 오늘따라 산책 나온 나의 걸음은 한없이 무거운 것은 무엇일까! 사람 세상살이 별것 있나 바람 부는 대로 물결치는 대로 살면 되지 하고 생각해도 어느새 세월이 화살처럼 흐르고 흘러 홍안의 미소년이 백발로 변해서 인생 노년의 볼품없는 주름만 늘어 인생만년의 노인으로 변하고 있다.

그렇다고 살아 숨 쉬고 있는 것만도 다행이고 행복한 일이지 불평을 해보았자 아무도 동정해 줄 사람이 없다. 많은 사람들의 사랑을 받는 푸시킨의 "삶이 그대를 속일지라도"를 다시 읊어보며 울적함을 달래본다.

[삶이 그대를 속일지라도 슬퍼하거나 노하지 말라 / 슬픔의 날 참고 견디면 기쁨의 날이 오리니 / 마음은 미래에 살고 현재는 늘 슬픈 것 / 모든 것은 순간에 지나가고 지나간 것은 그리워지나니]!

하루

새벽의 몸부림으로 새날이 오는 것인지도
침묵 속에 고요함, 등지고 앉은 어둠이 밉다.

일상의 사라져가는 시간의 주검을 보면서
쌓이지도 보이지도 않는 반복이 무섭다.

목마른 노을 별빛을 위해 화려함을 태우고
시간 따라 소멸하여 가는 나의 하루

인연, 추억, 삶의 질 따라 변하는 삶의 무상
불러도, 그리워해도, 때가 되면 사라져버린다.

지친 삶에 헉헉거리는 하루의 시간도
기쁨과 감사의 하루도 다를 바 없다.

옷 한 벌 없는 벌거숭이 이름으로 다가와
세월에 정들기 싫어도, 보내기 싫은 설움의 하루.

세월에 작아지는 나

저무는 가을에

    계절의 쓸쓸함이 더해지는 이 가을에 문득 생각나는 한 사람이 있다. 어린 시절 친구다. 이 가을에 비까지 내리면 떠오르는 슬픈 기억이 있다. 잘 가라는 말도 한 번 못하고, 그렇게 친구를 떠나보냈다. 너무도 친했고 어린 시절에는 누구나 그렇지만, 부모보다 더 좋은 것이 동무다.

    친구의 가정 형편은 나나 친구나 다를 바 없이 무척이나 가난했다. 입에 먹는 것도 서로 나누어 먹을 만큼 사랑하는 친구가 변을 당했다. 사연인즉 친구의 아버지는 미장일을 하는 분이셨고, 엄마는 무당이었다. 나는 중학교를 졸업하고 야간 고등학교를 가면서 낮에 일을 하며 주경야독을 하였지만, 친구는 가정 형편상 직장을 택해서 기계 공작소에서 일을 하다가 카바이트의 가스통이 터져서 머리를 심하게 다쳐 병원에도 가보지 못하고 현장에서 숨을 거두었다.

엄청난 사실에 나는 그날 일을 마치고 학교에도 가지 못하고 비가 내리는 현장에서 친구의 시신을 보면서 울고 있었다. 친구의 부모는 시신을 수습하지도 않고 보상금 합의에만 몰두하고, 비 오는 땅바닥에 거적을 덮고 누운 친구를 보면서 어른들이 한없이 미웠다. 결국 합의를 하고 장례를 치른 후 친구의 엄마는 천도재와 비슷한 신굿을 하였다. 친구의 혼령이 친구 엄마의 몸에 접신되자 제일 먼저 나에게 달려온다. 친구가 죽은 후 해만 지면 밖에 나서지 못하고 있는 나에게 판자문 밖에서 친구가 나를 부른다. 부모도 모르는 우리 사이의 은어를 사용하면서 나를 부르고 있고, 나는 온몸이 떨리고 머리칼이 곤두서서 무서워 나서지를 못했다.

50년 전에 이 비 오는 가을에 말없이 보낸 친구, 누구나 이 세상에 올 때 홀로 왔듯이 언젠가는 혼자서 먼 길을 떠나지 않을 수 없다. 이것이 엄연한 삶의 길이고 덧없는 인생사다. 그러나 이 나이가 되어서 가까운 가족이나 지인을 떠나보내는 마음은 더 할 수 없이 가슴 시리고 허망하다. 생사의 길이 비록 다르다고는 하나 문밖이 저승이라는 말처럼 죽음이란 멀리 있지 아니하고 늘 가까이 있음을 깨달으니 "나는 알았지 우물쭈물하다가 이렇게 될 줄을…" 극작가 버나드쇼의 비문에 새겨진 글처럼 우리가 사는 것이 늘 무덤 근처에서 머물고 있다는 철학적 의미를 되새겨 본다.

어제 저녁에 내일 보자고 헤어졌던 친구가 가을비가 내리

저무는 가을에

는 날 떠나보낸 친구가 한없이 그리워지는 것은 이제 나도 살아온 날보다 살날이 얼마 남지 않았음을 느낀다. 뜻하지 않는 소식에 황망히 달려가 기적을 바라며 거짓말처럼 다시 일어나 주기를 하나님께 빌면서 오열하던 그날을 회상하면서 나만 아직 살아있고 서운하고 미안한 마음인데 어찌하라고 그렇게 쉽게 가버렸는지~ 살면서 서로 성공해서 주기도 하고 받기도 하면서 오랜 우정을 나눌 수 있을 줄 알았는데, 그러나 나는 언센가는 또 다른 세상에서 우리가 꼭 다시 만나지리라 믿으며 다시 한 번 두 손 모아 고인의 명복을 빌어본다. 그날도 오늘처럼 가을비가 내렸다.

활주로

촘촘히 퍼져나간 모세혈관
동맥의 젖줄에 연결하고 싶다.

살면서 모가 나고 조각난 아픈 사연
모두 엮어서 인생사 하나로 묶고 있다.

백 년 인생 긴 세월 바람 잘 날 없어도
조각구름 하나가 뭉게구름 되듯이

그리움도 아픔도 소망과 이상도
확 트인 하늘에 담갔다.

창공에 날아서 푸른 강물에 뛰어들고
하얀 꿈을 먹었으면 좋겠다.

그래서 나는 넓고 긴 활주로를
지금도 만들고 있다.

저무는 가을에

끝나지 않은 인생길

제 6 부 아름다운 마무리

희망은 삶의 반려자

　　토요일 오후 동네 상점을 지나는데 이웃의 식당 아저씨와 웬 할머니가 말다툼을 하고 있었다. "아니 할머니 그냥 가시라니까 왜 그람미까?"

　　"암껏두 아니여- 비누 한 장이여, 이것두 안 받으몬 난 못 가져 간니껴, 어서 받어" 식당 아저씨가 박스를 모아 할머니께 드리자, 할머니께서 그냥은 안 받겠다며 비누 한 장을 내민 것이다. 참으로 훈훈한 풍경이었다.

　　흐뭇한 마음으로 발길을 돌리면서 불현듯 옛날이 생각이 났다. 17살 나이에 주경야독하며 내가 야간 고등학교를 다닐 때이다. 목공소 사장님께서 나는 저녁에 학교에 가니 5시에 퇴근을 허락하고, 가능하면 현장으로는 보내지 않았다. 그날은 공장 직원들이 전부 외근출장이라서 혼자 남은 나는 급한 일이라서 아침부터 현장으로 향했다. 책임감과 더불어

5시에 마쳐야 학교 등교 시간을 맞출 수 있으니 점심도 굶고, 참도 못 먹고 시간 안에 끝내기 위해 열심히 작업을 했다.

물끄러미 바라보시던 현장 사장님 사모님이 일 다 마칠 쯤에 지금 같으면 먹지도 못할 사과였지만 사과라기보다 밀감 크기의 쪼그라든 사과 3개를 내밀었다. 목공소 사장님의 방침은 현장에 가서는 어떤 물품이나, 금전도 받을 수 없는 것이다. 나는 한사코 거절하니 사모님은 "점심도 안 먹고 종일 일한 총각이, 사과 몇 알 주는데 왜 안 받느냐"고 나무라신다. 그 사과 세 개로 종일 허기진 배를 채우니 눈앞이 훤해진다.

훗날 내가 독립해서 사장이 되어서도 나의 거래처로 남은 그분들과 만날 때는 사과 세 개의 인연을 이야기하며 허기진 배를 달래주신 이야기를 자주 하였다. 비록 늦게 끝난 현장 작업으로 지각은 하였지만 오랫동안 잊혀지지 않는 젊은 시절의 추억이다. 배가 고프고 가난한 자에게 나누는 작은 배려는 어렵게 살아가는 사람에게 따뜻한 사랑으로 인해 미래의 희망이 될 수도 있는 것이라고 생각한다. 참으로 나누는 삶은 이 세상의 가장 귀하고 복된 것이라 생각하며 가벼운 발걸음으로 돌아왔다.

삶이란

한 해가 저물어 가면 누구나 지난 것을 한 번쯤은 생각해 보면 세상살이에 대한 즐거움보다 회한이 들 때가 많다. 참으로 치열하게 열심히 살아온 인생이지만 어딘지 모르게 빠진 것이 많은 나의 인생이다. 열심히 살았지만 실컷 살아보지 못했다는 자괴감, 멋지게 살아보지 못했고 이 세상의 파도에 대해 능동적보다 수동적인 방어만 해왔을 뿐인데도 힘이 부쳤다. 그리 뛰어나지 못한 두뇌에 물려받지 못한 물질 그리고 특별한 재능도 없다. 다만 세파에 부딪쳐 오면서 쌓아온 오기와 열정으로 살아온 세월이었다.

이제는 잘 죽기 위해 하나 둘 마음과 육신과 주변을 정리를 해야 한다는 마음이다. 빛나는 20대의 이상을 가지고 살면서도 세상은 별로 나의 삶에 우호적이지 못했고, 그렇게 세상과의 모든 면에 소통적이지 못함을 고백한다. 생활 속

삶이란

의 도피처인 관념적인 종교생활로 순간을 지탱하였으나 나는 세상의 지식이나 속물적인 오만에 절어서 늘 인간의 삶의 본질을 잃을까 고통 속에 허우적거렸다. 나는 누구이며? 내 영혼의 색깔은? 그리고 내가 이룬 삶이란? 이 모두가 사노라면 모든 인생이 느끼고 찾는 것이 아닐까? 그러나 아직 살아남았고 살고 있다.

나는 그동안 야비하게 사느니 배가 좀 고픈 것이 낫고 외로운 것이 낫다고 하는 생각을 버린 적이 없다. 다만 삶이란 나의 생각과 의지대로 되지 않는 것이 더 많다. 때로는 이성보다 감성이 나의 삶의 방향을 정반대로 이끄는 경우가 있다. 나의 서투른 몸짓으로 상처받는 사람이 생김을 알면서도 빠져나올 수 없는 환경에서 나는 그것을 나 자신을 합리화 시키고 살아가고 있는 현실은 나 스스로를 힘들게 한다.

한편으로 생각하면 자신의 삶에 인생을 서로 완벽하게 이해시키는 것이 바람에 자물쇠를 채우는 것과 같은 것이겠지만, 때로는 시를 쓰고 수필을 쓰면서 만남과 이별의 아픔에 그리고 인내와 허무에도 빠져 보았지만 이제는 아무튼 잘 죽기 위해 살아보려고 한다. 인생은 시적인 것도, 낭만적인 것도 아니고 더욱이 매 순간 불어오는 폭풍과 같다. 이러한 세상의 흐름 속에서라도 따뜻한 동행이 있으니 살아 있음을 느낀다.

저기 넓은 세상 꿈꾸는 너의 상념 잡아주랴
뚫린 너의 영혼 채워주랴,
아니면 세상 시름없는 곳 데려주랴

나의 상념을 흔드는 그리움이 너였더냐
세상 찌든 나의 영혼, 낙수로 씻어내고
소식 없이 왔다가 소리 없이 가버린다.

가끔은 주름진 볼을 쓰다듬는
연인의 손길 같은 너를 의식하며
아른거리는 햇살에 조금은 쉬고 싶다.

그리고 봄의 환희에 노래하는
이파리의 속삭임에 머물면서
네가 나를 불러 줄 때 기꺼이 대답하리다.

머물러 달라고…….

삶이란

행복을 찾기엔~

몇 년 전의 일이다. 오랫동안 보지 못한 후배를 만나기 위해 반갑고 즐거운 마음으로 약속 장소에 나갔는데, 안타깝게도 후배의 얼굴은 꽤 수척하였다. 후배는 의욕적으로 시작한 사업이 몇 년 동안 지지부진하다 보니 그리 되었다고 한다. 하지만 얘기를 듣고 보니 정작 후배가 가장 힘든 것은 아내 때문임을 알 수 있었다. 내가 아내와의 갈등부터 풀라고 권유하자 후배는 급한 불부터 끄고 나중에 해결하겠다고 말했다. 답답한 마음에 "그러면 사는 게 더 계속 힘들지 않느냐?"라고 묻자, 후배는 놀랍게도 "사업에 재기하면 행복해질 거야"라고 대답했다.

상당수의 사람들은 이런저런 조건을 내세우면서 그것만 달성하면 행복해진다. 라고 스스로를 위로하며 살아간다. 하지만 어떤 조건이 충족되어야만 행복해질 거라는 생각은 잘

못이다. 미래에 그 조건이 충족되기 전까지 현재의 자신은 불행해야 마땅하며 그래도 괜찮다는 의미가 담겼기 때문이다. 이렇게 조건을 핑계 삼아 현재의 행복을 포기해 버리는 삶이 행복해지기란 힘들다.

나 역시 그런 세월이 있었다. IMF국가부도 시절 내가 운영하던 회사가 부도가 나고 경제가 어려워지자 아내와의 잦은 갈등으로 가정은 파탄이 났다. 당시의 젊은 나의 입장은 술, 도박도 안 하고 열심히 사업하며 가족들을 부양하며 살아왔는데 인내하지 못하고 나를 방황하게 만드는 아내가 싫었고 나는 가정을 떠났다. 그 후 아내와 자녀들과의 사이는 더욱 멀어졌고 나는 사업에 재기하면 되겠지 하고 애써 자위하였지만 세월은 나를 기다려 주지 않았다. 사람을 행복하게 하는 것은 사회적 성공이나 멋있는 외모, 재산 따위가 아니라 관계인 것이다.

즉, 행복과 불행을 좌우하는 첫째 요인은 "관계의 질"이다. 나는 이미 돌이킬 수 없는 상황까지 왔지만, 후배에게 간곡하게 나의 경험에 비추어 설득을 하였다. 후배의 경우 지금 그를 불행하게 만드는 주요 원인인 아내와의 갈등을 해결해야 현재도 미래도 행복할 수 있다고 생각한다. 그래야 후배가 맺은 사회관계도 한층 건강해지고 일도 더 잘해서 성공할 확률이 높아진다. 조건부 행복을 위해 현재의 행복을 포기하는 대신에, 지금 여기에서 행복해지기를 노력해야 미

행복을 찾기인~

래에도 행복하다는 사실을 얘기하면서, 아픈 수업료를 내고 살아온 경험을 설명하고 돌아가는 후배의 뒷모습을 보면서 생각한다. 행복은 멀리 있는 것도, 계획하는 것도 아니고 오늘 순간 현재의 작은 것에서 찾아야 미래의 더 큰 실망에서 승리할 수 있다는 것을 이야기하면서 당시의 젊은 나에게 오늘의 나처럼 좋은 선배가 있었다면 하고 발길을 돌린다.

엄마 생각

흔히 사람들은 학창 시절이 그립다지만, 나는 소년 시절을 떠올리기 싫다. 가난과 외로움의 기억이 먼저 떠오르고, 새벽부터 늦은 시간까지의 삶과의 전쟁이 너무 힘들었기 때문이다. 누나도 없고 형님은 밖으로 떠돌던 시절이었다. 나는 현실을 탈피해서 혼자만의 세상으로 탈출하고 싶었다. 하지만 청상으로 홀로이신 어머니의 과거를 알고 난 후부터 나는 오직 성공을 목표로만 살아가는 기계처럼 살았다.

학년이 바뀔 때마다 교과서 없이 헌책만으로 공부했고 독립하기 위해 점심도 굶으면서 악착같이 돈을 모았고, 젊은 나이에 홀로되어 삼 남매 키우면서 친정에 가면 재혼을 줄기차게 권유받아 친정에도 가지 못하고 오직 자식밖에 모르는 어머니의 삶이 내 가슴에 인이 박힌 것이다. 어린 시절 아무리 어려워도 명절이면 어머니는 막내인 나를 애처롭게 생각해서인지 한 번도 설빔, 추석빔을 빠진 적이 없다. 약주만 드시면 우시면서 하는 말씀 "좋은 부모에게 태어나지 왜 당신의 자식으로 태어나서 고생하느냐"면서 어린 나를 안고 우시던 생전의 모습이 일흔 다 되어가는 지금도 그립고 보고 싶을 뿐이다.

어머니는 육 남매의 장녀로 태어나 가족의 생계를 위해 부잣집의 양녀로 갔다. 왜정시대를 거치고 육이오 전란을 거치고 우리 대한민국의 혼란의 시대의 산증인으로 살아온 한 많은 생을 보내고 못난 자식의 효도도 제대로 못 받고 가신 참으로 왜 태어나신 지에 대한 의문이 가는 삶을 보내신 가여운 어머니이다. 그 옛날 어머님의 가슴에 묻어둔 한스러운 이야기를 듣고 어머니의 마음을 모르고 반항했던 어린 시절의 후회와 그리움이 늘 사무친다.

초등학교도 제대로 나오지 못한 어머니는 지식인은 아니었지만 바르게 살아가려는 올곧은 사고와 자식을 사랑하는 마음에서 비롯된 지혜로 우리 삼 남매는 부는 물려받지 못하였어도 바른 정신을 물려주는 데 최선을 다하셨다. 나 자신의 우월하고 좋은 점이 있다면 그것은 어머니에게 물려받은 것이다. 어머니가 나의 엄마인 것이 나의 행운이었고, 어머니는 나에게 최고의 여성이었고 때로는 내가 어머니답지 않을 때도 있었지만 그래도 난 엄마의 아들인 것에 대한 자긍심을 늘 갖고 살아왔다. 자식을 위해 성치 아니한 몸으로 평생을 자식을 우상처럼 생각하며 새벽기도로 일관하신 어머니. 이제 막내인 제가 중년을 넘어 장년이 되고 일흔이 다 되어 갑니다. 흐르는 세월이 어머니를 보낸 슬픔을 거두어 갔지만 그 자리에 그리움이 자리합니다.

슬픔보다 더 아픈 것이 그리움이라는 말이 실감 납니다. 그렇게도 막내 손을 잡고 2본 동시상영 무협 영화를 좋아하셨는데 자주 모시지 못한 것이 후회가 된다. 오늘도 당신을 그리워하며 어린애처럼 눈물을 흘리며 늘 애창하시던 노래 찔레꽃을 불러보며 당신의 모습을 기려봅니다. 나는 여전히 그리운 어머니의 불효자식이고 평생을 죽을 때까지 당신에게 빚이 많은 자식입니다.

엄마 생각

봄 비

어머니!!

지금은 단지
당신이 보고 싶을 뿐입니다
주시기만 하고 떠난 당신이기에

그 사랑 깊지 못해
가슴속에 그리움에
봄비도 웁니다.

그리워…….
불러 봐도 다시 못 볼 사랑이기에
그 인연 천륜을 하늘 선이 갈라 노니

당신의 가신 날.
마중 나온 봄비

불효자식 그리워
봄비 되어 오셨나요.

당신의 품속같이
부드러운 봄비가 가신 날 오듯이…….

네. 봄비 마중 갈게요
어서어서 오소서…….

가을을 보내며

인생은 그것의 의미가 무엇인지도 모르는 사이에 그 절반이 지나가 버린다고 하지만 우리는 저 흐르는 계절을 바라보면서 인생이라는 것을 조금은 느껴볼 수가 있다. 누구나 한 번은 태어나고 늙어가고 마침내 어떤 식으로든 죽어간다. 가을의 떨어지는 낙엽처럼~~ 새로운 문명이 아무리 현실을 새롭게 변화를 시켜도, 태어나고 죽는 질서는 변화시키지 못할 것이다. 변하는 자연의 계절의 섭리를 깨달을 때에 우리는 인생을 실감한다. 한 여름 내내 녹색의 숲을 만들고 그 속에서 저마다의 할 일을 다 하던 나무들이 노랗고 발갛게 물들어 온 산이 소리 없이 타고 있다. 가을이 왔다는 것은 이미 한해의 절반이 넘었다는 의미이며 인생도 똑같은 의미이다.

잠 못 이루는 밤에 가을을 창가에 불러놓고 흐르는 달빛을 보노라면 한 쪽에서 들리는 귀뚜라미의 소리는 정녕 가

가을을 보내며

을의 맛에 취한다. 바람에 떨어지는 낙엽과 가을은 우리에게 허무함만 남기는 것이 아니고, 우리네 인생도 덧없는 것이니 우리의 삶도 잘 마무리 하라고 일깨운다. 이 흘러가는 가을에 사랑도 미움도 모두 가슴에 묻고 살아가는 사람, 슬픔과 기쁜 것도 초월한 사람, 언제나 어디서나 온화하고 즐거운 마음으로 한세상 살아가야 하는 길을 가을은 알려주는 것이다.

지난 삶 속에서 나는 왜 다른 이로부터 대우를 받지 못하고 힘들어했는지? 내가 밉다면 미운 대로 내가 무시된다면 그런대로 놔두면 될 것을, 왜 상처받고 염려하였는지? 모두가 지나고 보면 부질없는 것이다. 나는 본래 가을을 좋아하였지만 더욱 가을을 타는 그런 나이에 도달하고 보니 마음에 휑하게 찬바람이 부는 것 같다. 예로부터 가을은 선비가 슬퍼하는 계절이라고 일러 왔다. 우리의 인생의 삶은 낙엽처럼 모든 것을 다 피우고, 그리고 다 버리고 떠나가는 나그네 길이라고 하였든가. 나그네는 한곳에 머물지 않는다. 추풍낙엽은 흩날리고 세월과 인연의 그리움에 사무치는 이 가을날 길 떠나는 나그네의 두려움으로 석양의 저녁노을을 바라볼 뿐이다. 이 늦은 가을에 찬바람과 이슬을 맞으며 구름에 달 가듯이 미련 없이 떠나는 가을을 보면서 가을은 결코 떨어지는 가랑잎처럼 외롭고 쓸쓸한 것만은 아니다. 돌아올 날을 가약하며 떠나는 나그네를 생각하며 이 가을을 보내려 한다.

가을편지

가을이면 오는 것보다 보내고 가는 것이 많지요
지쳐버린 저녁 가을바람은 홀로 심장에 머물고 있습니다.
그리움을 어쩌지 못하고

어쩌다 삶의 이쪽, 저쪽에서 마주 보고 있는지
흔들리는 세월에 떠밀려
어둠의 유혹을 멀리하고
한없이 달려온 고독

때론 하얀 고독을 새벽과 동무하며
한 줌의 기다림으로 몸을 태우는 열정이 있어 그래도 좋습니다.
마른 몸뚱이 하나가 앙상함을 드러내며
저녁 찬바람에 매달려 있고
나는 아직도 가을의 나그네인가 봅니다.

쌓이는 낙엽의 무게를 가슴으로 느끼는 시간이기에
산기슭에 모여 서로 부대끼며 날리는 바람은 그대의 속삭임 자체입니다.
잠시 머물다 가는 시간 사이로
풀잎 하나도 지난 세월 영화를 미련 없이 두고 가는데
긴 세월 놓지 못하는 미망의 끈, 가을은 가며 웃습니다.

가을을 보내며

제 7 부 사노라면

행복지수

요즘 늘상 방송마다 떠드는 것이 젊은이의 일자리 타령이다. 사실 찾아보면 일자리가 없는 것도 아닌데 유달리 요즘 젊은이들이 3D 업종을 회피하는 것은 저마다의 사정이 다르겠지만, 우선 편하고 쉽게 돈을 벌려고 하는 경향이 있다. 젊은이들에게 무작정 우리들에 젊었을 적의 삶을 전부 강요할 수가 없겠지마는 나의 생각은 조금은 다르다.

본인의 적성과 목표를 정한 후에 그 직종에 꼭 임시 알바를 하지 않더라도 예를 들면 본인이 유통산업에 관심이 있어서 큰 편의점 대표가 되고 싶다면 편의점 알바라도 좋다. 청년들이 미래를 위해 젊은 시절 경험으로 하는 것도 좋다. 그러나 본인이 원하지 않는 전혀 다른 직종에서 알바를 하는 것에 우선 돈벌이를 위해 알바를 하는 것은 바람직하지 못하다는 얘기다. 큰 레스토랑의 경영자가 되고 싶지도 않으면서 식당 종업원으로 있는 것은 젊음의 낭비인 것이다. 대다수의 젊은 청춘들이 그런 것은 아니지만 젊은 직원들과 대화를 하다 보면 이상도, 미래도 없는 것으로 보일 때는 때론 대한민국의 미래가 걱정될 때가 있다. 언젠가부터 우리의 생활이 3D 직종을 기피해 온 것이 사실이지 않은가.

내 후배의 친구 이야기를 할까 한다. 공직에 있다가 정년퇴임을 하고 나니 처음엔 홀가분하고 허전했다. 그런데 무심결에 내 인생은 끝났다는 비감이 언뜻 떠오르면서 그간에 못했던 공부나 취미생활, 여행, 등산을 다니면서 세월이 흐르다 보니 기력도 쇠잔해지고 모든 것이 싫증이 났다. 친구들과도 소원해지고 외로웠다. 그래서 칠순 문턱에 일자리를 찾아 나섰다. 병원 청소, 인력시장 등을 전전하며 몇 년을 보내고 있다고 한다. 지금은 모 아파트 경비를 보는 일을 하고 있지만 청소 등과 경비를 번갈아 가면서 일하는 것이 보통 힘든 것이 아니라고 한다.

노령의 대부분이 일자리 운운하고만 있다. 노인들의 벌이는 대충 150만 원 정도인데, 매월 쌀 6~7가마니 상당을 버는 셈이다. 인생의 행복지수는 자신의 지위와 수입으로만 정할 수가 없지 않은가, 젊은이들도 미래를 위해 이상을 가지고 공부로 승부를 내지 못하면 기술을 익혀 노년에도 자기의 적성을 살려 노년을 대비함이 좋을 듯하다. 돈은 "개같이 벌어서 정승같이 쓰라"고 했다. 다소 고달프고 힘들어도 본인의 적성에 맞는 직종을 찾아 노력한다면 마음은 자유롭고 편하지 않겠는가. 3D 직종이라도 그래도 실업자나 가방끈이 짧은 이들에게는 은혜로운 터전이 아닐 수 없다. 정치인들이 입만 벙긋하면 일자리 창출하는 것도 이 때문이다.

특히 젊은이들에게 하고 싶은 말은 무슨 일이라도 맡은 일에 열중하고 가능하면 적성에 맞는 일을 찾아 미래를 보고 내 몸이 부서져라 하고 최선을 다하는 것은 순간적으론 힘들고 고달프지만 자신의 노력과 성실함은 나 자신은 몰라도 남이 먼저 알게 된다는 사실이며 이것은 본인의 미래를 창출하는 큰 자산이 된다는 것을 생각하고 미래를 위해 현재를 충실히 하는 것이 행복의 첫걸음이라 생각해 본다.

행복지수

리더의 조건

　우린 세상을 살아가면서 얼마나 많은 집안 청소를 하며 또한 육신과 마음을 비우면서 살아가는가? 아무리 매일 청소를 해도 돌아서면 먼지와 때가 생긴다. 하물며 우리의 심령 깊은 곳에도 늘 마음의 때가 있어 배우면서 다듬고 비워야 된다. 아무리 마음을 비우면서 산다고 해도 알게 모르게 타인의 마음을 아프게도 하고 상처가 되는 말로 곧 이어서 후회를 하면서도 말이다. 내가 이른 나이에 독립해서 사장이 되고 난 후 지금까지 타인의 손에 급료를 받지 않고 살아왔다. 참으로 리더가 되고 보면 속이 다 문드러져서 곪아 터질 때가 많고, 좋을 때는 주위의 모든 사람들이 다 함께 즐겁지만 참으로 어렵고 힘든 상황이 오면 제일 외롭고 힘들어 남몰래 혼자 우는 것이 리더의 숙명인 것이다.

　속은 다 녹아내려서 한 명 두 명 다 휘어잡고 이끌어 나가는 것이 얼마나 힘든 일인지 부딪혀 보지 않으면 알 수가 없다. 사람을 다룬다는 것은 상대의 인성이 저마다 다르기 때문에 감정과 이성으로 적절히 상대의 마음을 움직이는 것이 리더의 능력인 것이다. 그리고 그들을 위한 헌신과 솔선수범, 타고난 특별한 지혜와 수많은 시간의 인격적인 단련이 필요한 것이다. 좋은 리더가 되려면 먼저 자신의 마음을 비워야 할 것 같다. 마음에 욕심과 이기심을 버리고 상대를 이끌어야 마음으로 따르는 존경받는 리더가 될 수가 있다.

모든 사물은 마음을 비웠을 때 타인에게 감동을 준다. 참으로 좋은 리더는 학력과 실력도 중요하지만 도덕적이며, 책임감이 있고 상대의 능력과 인격을 귀하게 여길 줄 아는 사람이어야 한다. 우리가 세상을 사노라면 정치 경제 등 각 분야에 수많은 리더가 있었다. 역사상 수많은 지도자 중에서 비난과 존경을 받는 이들의 인물 됨됨이를 보면 알 수가 있다.

요즘 정치판도 다를 것이 없다. 자신의 능력과 준비를 무시하고 상대의 부족함과 무능에 힘입어 덤으로 지지를 받는 사람도 있고 리더로서의 필요 불가결한 흠집 난 도덕성을 가진 자들도 있어 이런 사람들을 지지하는 사람들도 우습거니와 리더로서의 기본도 갖추지 못한 사람들이 정치판을 흔들고 또한 그것을 보노라면 앞으로 자질과 준비를 갖추지 못한 이들로 인해 얼마나 이 나라가 시끄러울지 참으로 걱정되는 시대에 살고 있다.

리더의 조건

진정 올바른 리더는 사람을 귀하게 여길 줄 알고 약속은 지키며 마음을 비우고 오직 국가와 민족을 사랑할 수 있는 리더이어야 할 것인데~ 라는 회의감이 드는 밤이다. 리더의 자질이 없는 실수로 이기심과 욕심으로 얼마나 많은 사람들이 상처를 입었던가? 한 편으론 시간이 지나면 현명한 국민들이 바른 선택을 하지 않을까 생각해 본다. 아무튼 리더는 아무나 되는 것이 아니고 자신의 이기심을 버리고 목표를 위해 헌신하며 지혜롭고 도덕성을 갖추어야 참다운 리더로서 타인에게 존경받는 것이다. 오늘 밤은 이런저런 생각이 깊어져서 밤 잠 못 이루는 가을밤이다.

개 이별

초저녁 날씨는 이제 막바지 가을이 가면서 추위를 느끼는 시간이다. 저녁 산책 중 주부용 자전거 앞에 작은 비숑 한 마리를 애기처럼 태우고 가는 아주머니를 보며 예전에 어린 시절 키우던 베스의 생각이 문득 바람과 함께 다가온다. 요즈음은 애완견을 아예 방에서 키우는 것만 아니라, 먹는 사료부터 입히는 옷까지도 친자식처럼 돌보며 키운다. 이를 반려견이라고들 한다.

나의 어린 시절에는 아예 생각지도 못할 일들이다. 베스는 몸집이 작고 생긴 것이 진돗개와 똥개의 반종이라고 했다. 이 녀석의 특징은 영리한 것 말고라도 음식을 가리고, 보통 눈치가 빠른 놈이 아니다. 하루는 이웃집 가게에서 유통기간이 지난 곰팡이 핀 빵을 주기에 던져 주었더니, 내가 모른 척하고 먼 산을 보는 것처럼 조용하자 땅을 파고 묻어버린다. 항상 음식을 잘 먹지 않아서 내게 혼나고 했으니, 안 먹으면 또 혼날 줄 알고 묻어버리는 녀석이다.

키운 지 육 년이 되었는데 정이 들 대로 들었고 학교 다녀오면 제일 먼저 찾는 것이 베스였다. 당시에는 사람 먹을 음식도 제대로 없는데 개에게 먹일 사료 같은 것은 아예 없을 때였다. 우리 집에 온 후 2년 만에 새끼를 10마리를 낳아서 경사가 났다. 무슨 종자인지 몰라도 새끼를 놓으려고 땅을 파고 있었다. 애처로움에 삽으로 좀 파 주었더니 그 자리에 새끼를 놓지 않고 다른 자리에 손수 파는 것이었다. 눈도 뜨지 못한 새끼들이 너무 귀여워서 한 마리, 한 마리 모두 다 이름을 짓고 좋아하다가 홍역에 걸려 모두 죽어버렸다.

처음 4마리, 5마리까지는 울면서 산에 묻어 주었는데, 자꾸 죽어버리자 너무 화가 나서 나머지는 죽으면 개울에 울면서 던져 버린 기억도 있다. 용케 어미 베스는 죽지 않았지만 새끼들이 보이지 않으니 시름시름 밥도 안 먹고 죽어 가고 있었다. 간호를 하다가 밤이면 새벽같이 일어나 죽었는지 살았는지 확인하고 안고 잠이 든 적도 있었다. 나의 극진함이었는지 서서히 건강을 찾아갔고 이제 장난도 치면서 다시 원상회복이 되었다.

야간 고등학교 2학년까지는 주경야독으로 가정에 보탬이 되면서 생활하였으나 갑자기 고3이 되니 공부를 더 하고 싶어졌고 고3 개학 시에 직장에 사표를 내고 공부에 매진하였다. 막상 직장에 매진하다가 본격적으로 공부를 시작하니 다른 과목들은 충분히 따라잡을 수가 있는데 어학 공부인 영어가 문제였다. 엄마에게 여름 방학기간 동안에 영어학원에 다니고 싶다고 했더니 어머니가 알겠다고 하면서 수강증을 끊어 오셨다. 내가 낮에 직장 다니면서 조금씩 가정에 보태면서 그런대로 생활을 유지했는데, 갑자기 공부를 한답시고 그만두니 형편이 꽤나 어려우셨나 보다.

막내를 학원에 보내야겠고 돈은 없고 하니, 나에게 의논도 없이 베스를 팔아 그 돈으로 학원비를 만든 것이다. 나는 베스가 팔린 줄도 모르다가 베스를 데리러 온 개장사가 왔을 때 모든 것을 알았다. 나는 학원이고 뭐고 다 치우고 공부도 안 한다고 울면서 떼를 썼고 베스와 난 서로 눈을 마주 보며 울었다. 베스는 땅바닥에 떨어지는 눈물을 보며 내 눈을 보다가 눈물이 떨어지는 땅바닥을 보는 것을 반복하고 나는 베스를 품에 안고 내주지 않았으나 다음에 더 좋은 개 사준다는 어머니의 설득에 결국 베스와의 마지막 이별이 되었다.

베스는 개장사에게 끌려가며 한 발자국도 스스로 걸어가지 않고 엉덩이를 바닥에 주저앉아 끌려가는 애처로운 모습이 베스와의 마지막 이별이었다. 난 개를 아주 좋아한다. 참으로 모든 이별은 다 슬프지만 애완견과의 이별은 너무 슬퍼 어린 가슴에 가난한 가정에 들어와서 팔려 간 베스를 생각하니 지금도 마음이 저려온다. 내 발자국 소리만 들어도 어

개 이별

디서든지 쫓아 나와 나를 반기던 녀석이 몹시도 그립다. 사람 이별보다 더 아픈 것이 애완견과의 이별이라서 그토록 개를 좋아해도 개에게 분양 않기 위해 키울 마음이 없지만 오늘은 한 마리를 분양받고 싶은 생각이 든다.

내가 원하는 삶

　나는 조그만 산이 갖고 싶다. 나는 화초와 식물을 키우기를 좋아한다. 그리고 가을의 푸른 하늘을 좋아한다. 산에는 여러 가지 약초를 심어 정성으로 키운 약초를 필요로 하는 지인들에게 나누고 싶다. 나는 살면서 한 번도 재벌을 부러워한 적이 없다. 그러나 마음과 생각이 세상에 치우치지 않고 삶의 고단함이 있더라도 어촌이나 농촌에서 자연과 더불어 삶을 영위하는 그러한 분들을 늘 동경하였다.

　가을 산 억새풀 날리는 자연을 보노라면 세상에서 아옹다옹하는 모든 삶의 잔재를 저 흐르는 바람 속에 날려 버리고 싶다. 가진 것이 조금 있으면 나누고 내어 주는 관대함을 나는 원한다. 하지만 너무 가진 것이 없어 궁상스러운 삶도 싫다. 아무에게도 부담 주지 않고 방해받지 않는 조그만 기도실이 있으면 좋겠다. 자신이나, 누구를 위하든 고요한 장

139

소에서 간절한 소망으로 엎드린다면 그것은 소망이며 기도이고 기도의 자체가 안식이라고 말하고 싶다.

우리네 인생의 저마다의 삶의 행로가 모두가 같을 수는 없지만 공통된 것이 있다. 풍요로운 삶이다. 그러나 우리의 삶을 종합적으로 판단하면 풍요 속의 빈곤이라는 말이 있다. 세상이 점점 물질 만능시대가 됨에 따라 자신의 유익을 먼저 생각하고 타인에 대한 배려와 양보가 더욱 절실한 시대가 되어버린 것이다. 자신의 집 앞이라고 전부 무단 주차하는 통에 화재가 났을 때 진압하러 오는 소방관의 애로, 마구잡이 쓰레기를 분류하지 않아 힘들어하는 환경미화원, 자신들의 자식만을 생각해서 배움터의 스승을 모질게 핍박하는 경우가 없는 학부모, 일일이 열거할 수도 없을 만큼 이 사회는 병들어 가고 있고 빈부의 격차가 심한 세상이다. 이러한 환경에서 욕구불만의 감정들이 하나 둘 쌓여 범죄가 가중되고 사회가 불신의 늪에 빠진다.

내가 18살 때 일이다. 낮에 직장을 마치고 오던 그날은 추석 연휴를 앞두고 6일의 휴무가 되었지만 저녁에는 학교에 가야 하니 그날도 같은 시간에 동료들과 퇴근 중이었다. 가는 길 도중에 지하에 술집이 하나 있었는데 같이 가는 동료가 장난삼아 계단에 몇 걸음 내려갔다가 올라왔다. 근처에 있던 경찰 한 명이 그 동료의 멱살을 잡고 파출소로 데려가는 것이다. 난 영문도 없이 끌려가는 동료를 위해 대변하려

같이 들어갔다. 작업복과 교복이 들어있는 가방을 어깨에서 내려오는 것을 방지하기 위해 주머니에 손을 넣고 있는데 갑자기 경찰관이 나의 뺨을 때렸다. 나는 당신이 뭔데 때리느냐고 항의를 했고, 항의하는 나는 세 명의 경찰에게 폭행을 당했다. 죄도 없이 무차별 폭행을 당했지만 경찰 조서에 주점을 소란하게 한 혐의로 조서를 만들어 도장을 찍으라고 하지만 결코 찍지 않았다.

잘 못하면 즉결 재판소에 갈 형편이다. 기다리는 어머니와 학교에도 결석을 해야 할 형편이라서, 죄지은 것도 없이 무릎을 꿇고 빌어서 훈방 조치 된 적이 있다. 당시에는 아주 흔한 일상 중의 하나이지만 이 세상의 어느 곳도 완전한 정도는 없는 것이다. 우리는 날마다 각양각색의 사건 사고를 본다. 제 나름대로 자기 합리화를 하면서 사는 것이 인생이다.

나는 나의 의지와 상관없이 아내를 잃고 자녀를 잃었다. 후회도 하기도 했고 외로움에 밤새 눈물 흘리며 고독과 싸우기도 했다. 하지만 어차피 인생을 되돌아보니 혼자 가는 인생인 것을 깨달으며 내가 원하는 삶이 아닌, 어느새 가다 보니 다가온 그 길을 이제는 후회하지 않고 내가 원하는 삶으로 살기로 작정하고 살아보리라고 노력한다.

그곳이 좋습니다.

나는 그곳이 좋습니다.

인적 드문 산기슭에 작은 오두막 지어
뒤뜰엔 채소밭 가꾸고
앞뜰엔 예쁜 꽃향기 넘치는 꽃밭들

아옹다옹 세상 세월 놓아버리고
뜰 수만 있는 작은 배 한 척 띄워
황혼의 바다를 저어가고 싶습니다.

산새들 지저귀고 봄꽃이 우거진
오솔길에서 풀 향기 흐르는 산길을
걷고 싶습니다.

밤이면 별빛 쏟아져 내리는 하늘을 보며
풀벌레 합창 소리에
고운 시 하나 쓰고 싶습니다.

세상은 삶의 훈련장

　이 세상은 우리가 옹기종기 모여 살아가는 운동장이다. 모든 환경과 질서 그리고 경쟁 속에서 살아가는 전쟁터와 같다. 질병에서 그리고 인간관계의 갈등과 그 모든 것에 대한 저세상으로 가기 전의 연습과도 같다. 옛날 생각이 난다. 23살에 군 입대 영장을 받고 아침에 소집장으로 떠나는 날이었다. 이웃의 할아버지, 아저씨, 아주머니 여러분들이 나와서, 울면서 배웅한 기억이 있다. 모두의 손에는 지폐 몇 장씩을 나의 손에 쥐여주며 너의 어머니는 걱정 말고 군 복무를 잘 마치라고 당부하셨다. 그 시절에는 내가 직장생활을 하면서 가정에 기둥이었다. 가기 전에 어머니 생계가 걱정되어, 입대 5일 전까지 직장의 맡은 일을 마무리하고 가기 전에 방을 몇 칸 만들어서 임차료로 생활하시기 위함이었다. 하지만 현지에서 재검사 결과 중이염이란 진단을 받고 저녁에 귀향 되었다. 이웃 친지들에게는 부끄러워서 초저녁에 집에 가지도 못하고 음악실에 9시까지 자다가 저녁에 집에 가니 어머니는 퉁퉁 부은 눈으로 울고 계셨다.

당시에는 군대에 간다면 집안과 이웃에 큰 행사로 취급되는 시대였다. 그 후 방위소집을 받고 군필을 하였지만, 다음 달에 치료받고 오라는 청장님의 뜻을 저버리고 치료를 받지 않은 채로 재검사 후 보충역으로 배정된 것이 세월 지난 지금 생각하니 물론 다른 방법으로 군필을 하였지만 현역으로 갈 수가 있었는데도 가정 형편상 보충역을 택한 것은 나의 의지로 된 것이니, 양심에 가책을 느끼지 않을 수 없다. 이러하듯 나 자신부터 모든 사람들이 자신의 위치와 입장에서 모든 것을 판단하고야 만다.

하지만 이러한 사람들 중에서도 자신의 유익보다 타인을 배려하고 심지어는 자신의 귀중한 생명까지 버리면서 선을 추구하는 이들이 있어 이 사회가 유지된다고 본다. 지하철 철로에 떨어진 사람을 구하려다 생명을 던지고, 불붙은 차량이 폭파될 시점인데도 기어이 생명을 살리고, 세계의 방방곡곡에서 자신의 의료기술로 온갖 전염병과 열악한 환경에서 봉사하는 의료인들, 전염병에 감염되어 자신도 감염되어 위중한데도 소임을 완수하는 이들이야말로 이 인간 세상에 살아가는 넓은 운동장에 빛이 되고, 소금이 되는 귀중한 자산들이고, 이들에게는 이곳은 삶의 전장이 아닐뿐더러 저세상 가기 전의 삶의 즐거운 훈련장이 아닌가 생각해 본다.

나는 조그만 산이 갖고 싶다.
나는 화초와 식물을 키우기를 좋아한다.
그리고 가을의 푸른 하늘을 좋아한다.
산에는 여러 가지 약초를 심어
정성으로 키운 약초를
필요로 하는 지인들에게 나누고 싶다.

세상은 삶의 훈련장

제 8 부 머물고 싶은 순간들

그림자

누구나 한 번쯤 달빛 밝은 날 호젓한 산책길에서 앞이나 뒤에서 비치는 자신의 그림자를 보았을 것이다. 내가 움직이는 대로 따라 움직이는 그림자는 나의 분신같이 붙어 다닌다. 어릴 때 호롱불 비치는 방안의 창호지에서 손으로 온갖 모양을 만들어 동무들과 웃고 놀았던 기억도 있다.

그림자의 속성은 첫째로 빛이 있어야 하며 빛을 받는 물체가 있어야 한다. 그림자는 내가 살아있음의 증인이고 나의 연인이고 나의 가장 끝에서 나를 지키고 있다. 그림자는 또 다른 의미에 비유할 수가 있다. 우리의 삶 속에도 역사의 단편에도 빛이 있으면 어두운 그림자도 있다. 누구든지 살아온 날 만큼 그림자도 드리워져 있다. 우리 인간의 모든 삶에 따라 붙는 것이 그림자이고, 동반자이다.

나의 삶에도 빛이 많았는가? 아니면 그림자가 많았는가?

오늘 호젓한 보조경기장을 산책하면서 자신을 되돌아본다. 내 삶에 드리운 그림자는 꿈꾼 많은 것들의 이루지 못한 이상과 욕심에서 비롯되었다. 실천하지 못한 선행도 있고 나의 주위의 여러 사람들에게 상처를 주고, 힘들게 하였던 일, 그리고 함부로 말을 하여 가슴에 상처 준 일 등이 많음을 부인할 수가 없다. 지금은 세월이 흘러 생각해 보니 나름대로 선을 추구하고 열심히 살았다고 자부하면서 곰곰이 생각해 보니 빛보나 그림사가 많은 깃이 사실이다.

영광스러운 날도 많았지만 나의 기억에는 그런 날은 기억에서 멀어지고 어두운 그림자만 나의 뇌 속에서 잠재되어 있는 것은 무슨 사연일까? 아쉽고 해주지 못한 그리고 이루지 못한 모든 것이 이 밤에도 보조 경기장의 라이트 불빛 아래 그림자가 되어서 나를 따라다니고 있다.

그리운 밥상

　　요즈음은 대부분의 직장인들은 아침 식사는 간단히 하고 점심은 주로 밖에서 식사를 한다. 모두들의 식사 취향에 따라 자주 가는 식당에서 식사를 한다. 나의 젊은 시절은 도시락을 싸서 먹고는 했다. 여름철은 냉장고가 귀한 시절이라서 밥이 점심쯤이면 쉬어서 먹지 못할 때도 있고 겨울엔 난로에 얹혀서 데워서 먹는 시절도 있었다.

　　내가 18살 겨울이었다. 평 달에는 야간에 학교에 가지만 방학기간이라서 지방에 출장을 갔다. 약 일주일의 기간을 요하는 작업이었다. 남해의 전기가 안 들어오는 섬 10군데를 돌면서 작업을 해야만 했다. 당시 너무 혹한이라서 2팀이 추워서 모두 작업을 중단하고 돌아와서 할 수없이 내가 특명을? 받고 마무리 작업을 하러 출발한 것이다. 지금도 출발 날짜를 기억하고 있다. 12월 23일이다. 너무도 추워서 바닷

가는 체감온도가 영하 15도 정도이다. 연안 부두에서 배를 타고 남해 노량을 거쳐 욕지를 거쳐 1차 목적지인 사랑도에 도착했다. 저녁이었다. 작업 장소가 무선국 설치를 위한 공사니까 섬 꼭대기에 위치하고 있었다.

저녁은 빠다빵(요즘은 크림옛날빵)으로 때우고 조수를 데리고 올랐다. 겨울밤 바람은 귀를 도려내는 것 같았다. 어둠 속에 랜턴을 위쪽으로 돌려 반사를 받게 해서 작업 준비를 마치고 작업을 하는데 못을 잡으면 손에 얼어서 붙어버린다. 여차해서 저녁 일을 부분적으로 끝냈다. 저녁 일을 해야 하는 이유는 내일 배가 10시에 도착하면 다음 섬으로 가야 하기 때문이다.

어제 저녁을 제대로 먹지 못함에 몹시 배가 고팠다. 아침 식사를 이장님이 차려 주셨는데 완전히 머슴밥이다. 밥그릇 속의 밥보다 위에 얹힌 밥이 더 많은 것이다. 반찬은 국도 파래고, 무침도 파래다. 나는 그래도 섬에 오면 먹는 것은 생선이랑 회를 실컷 먹을 수 있지 않나 기대를 하였는데 서운했다. 밥을 먹는 동안 이장님의 사랑도의 유래를 듣는 둥 마는 둥 하면서 그 많은 밥을 먹어 치웠다.

그 파래무침과 파랫국을 얼마나 맛있게 먹었는지 힘을 내서 마무리하고 10일 동안 해야 할 일을 7일 만에 완수하고 섬 구경하고 가자며 털털대는 조수의 푸념을 뒤로하고 남은 8개의 섬을 순회하며 작업을 마치고 돌아왔다. 희한한 것은 가는 곳마다 메뉴는 똑같았고 밥은 머슴밥이었다. 사유인즉 생선은 잡는 대로 팔기 바빠서 섬에 생선이 더 귀한 것이었다. 그 많은 양의 7주일 동안 식사를 하면서 이상한 것은 긴장을 하고 책무를 완수하기 위한 책임감이었는지는 몰라도 화장실을 한 번도 가지 않았다. 신기한 일이었다. 나도 지금은 점심은 직장에서 밖에서 먹지만 입맛이 없고 할 때는 당시의 이장님이 주신 머슴밥이 그리워진다.

그리운 밥상

혼자 가는 길

형님이 세상을 떠났다. 형님은 젊은 시절엔 건달이었고, 홀로 계신 어머니의 가슴에 수없이 눈물을 흘리게 한 아들이었고 내가 자라서는 형제의 마음도 무던히도 아프게 하였다. 76세의 일기로 세상을 버렸다. 홀로 가신 것이다. 혼자 있으면서 식사를 제대로 안 한다고 동생인 나는 형님에게 무던히도 타박하였고 자주 아파서 병원에 데려가면 주사를 맞지 않으려고 고집 피워서 나에게 서운한 말도 많이도 들은 형님이었다.

하지만 형님은 자신의 친구들에게는 내가 항상 형님의 자랑이었다. "내 동생 같은 동생이 너희들은 본 적이 있느냐"고 하면서 늘 나를 자랑하셨다. 가시고 나니 혼자 계신 형님께 좀 더 부드럽고 착한 동생이었으면 하고, 좀 더 잘해주지 못함에 가슴이 늘 저려온다. 사람은 주위에 아무리 많은 사람들이 있어도 어차피 혼자이고 홀로 가는 인생이며 모두 다 한 걸음씩 이별의 시간으로 가는 것이다. 아무리 사랑하는 사람이라도 달콤한 인간관계에 매달릴 필요가 없는 것 같다. 사람도, 환경도 결국엔 혼자의 시간을 견디어 내야 하는 것이 아닐까?

추모관에서 이별하고 돌아서는 발걸음은 한없이 무겁고 생각이 많다. 다른 주위의 사람과의 이별에서 느끼지 못하는 무엇인가의 허무와 회의가 몰아온다. 내가 7살 때 일이다. 당시에 너무 가난하여 엄마는 식당에 일하러 가고 형님은 늘 건달로 돌아다녔지만 늘 동생들은 끔찍이도 챙긴다. 저녁을 건빵으로 때우는데, 큰 봉지의 건빵은 50개 정도 들어있다. 20개씩을 누나와 나에게 나누어주고 형님은 10개만 먹는다. 밖에서는 못된 짓만 하고 다녀도 나에게는 듬직한 형님이었다.

밖에 떠돌다가 어쩌다 저녁에 같이 자게 되면 한 이불 속에서의 발 장난하던 시절이 그립다. 혼자 계실 때의 늙은 형님의 쓸쓸한 절망의 눈물을 닦아 주지 못하고 마지막 가는 잡은 손을 놓아야 하는 아쉬움과 슬픔의 시간 속에서도 세월은 흐르고 또 이렇게 산 사람은 저 높은 곳에서 부를 때까지 살아야 한다. 배가 고프면 먹어야 하고 세상과 씨름하면서 살아야 하는 것이 인생인가 보다.

혼자 가는 길

내가 살아가는 동안에

내가 살아가는 동안에
먼 기억 속에 남겨질 아름다운 사랑을 위하여
소망하는 매 순간의 삶에
나는 그대의 곁이 되어드리겠습니다.

당신이 살아온 삶도 나아갈 삶도
내가 대신 살 수 없고
내 삶을 당신이 살 수는 없지만
사랑이란 이름으로 서로의 아픔을 나누면 좋겠습니다.

참으로 사랑이란
먼 지평선에 한 발자국 내딛는 것처럼
우리의 사랑을 위해 나란히 같이 걸어가야 할 그대와 나는
조금씩 내어주며 외로움을 채우면 좋겠습니다.

세월이 흘러 먼 기억의 추억 속으로 옮겨갈 인연
내가 살아가는 동안에
우리의 사랑이 파랑이나 빨강보다
보랏빛 무늬의 찬란한 사랑이었으면 참 좋겠습니다.

무릎으로

　우리가 세상을 살아가는 도중에 좋은 일도, 슬프고 억울한 일도, 온갖 경험을 하면서 짧다면 짧고 길다고 하면 긴 인생의 여로를 지난다. 그 와중에 지치고 편하고 모든 일이 순조롭지 못하고 힘들 때는 저마다의 신앙대로 성당, 절, 교회 등을 평소보다 더욱 간절한 마음으로 찾는다. 나 역시 그러한 범주를 벗어나지 못했고 세상 속의 힘든 여정을 기도로써 위안과 안식을 얻으며 힘든 순간을 버티어 왔다.

　우리 인간들은 누구에게나 무릎 굽히기를 원하지 않는다. 하지만 보이지 않는 조물주의 신성함과 자신의 부족과 연약함을 깨달을 때 주저 없이 행할 수가 있다. 나는 지금도 나를 위해 조건 없이 희생하신 그리스도를 믿고 있다. 신앙이 없는 사람들을 분석해 보면 대체로 자신이 넘치는 사람, 신을 믿지 않는 사람, 세상의 지식이 머리에 넘치는 사람, 세상의 밑바닥까지 가보지 못한 사람 등으로 구분할 수가 있다.

내가 젊은 나이에 승승장구하며 자신과 교만에 넘쳐 만용이랄 수가 있을 정도로의 자신감에 무리하게 사업을 확장해서 도산의 위기에서 역시 매달린 곳이 돈 많은 투자자도 아니고 마음을 기댈 어머니도 아니고, 그리스도께 무릎 꿇는 것이었다. 참으로 기업의 대표로서 그리고 가장으로서 참으로 지치고 힘들어 바닥까지 내려가면 결국엔 최종 결정은 혼자서 울고 혼자서 감당해야 되는 것이 대표의 숙명이고 결국에는 대다수의 사람들은 신앙에 의존한다.

이 수필을 읽어주는 독자가 있다면 젊은 시절 비싼 수업료를 내고 깨달음을 조금은 전해주고 싶다. 먼저 결론을 얘기하면 성공의 지름길은 무릎을 꿇는 것이다. 실패는 은밀하고 진솔하게 기도하지 못한 데 있다.

기도는 고난을 극복하고 승리를 쟁취하기 위한 절대적 조건이라고 말하고 싶다. 왜 내게 이러한 시련을 주시느냐고 눈물로 눈물로써 보낸 세월도 있었다. 세월이 지나고 보니 모든 것의 동기는 내가 시작했고 결과는 내가 거두는 것이었다. 기도 중에 정답이 있고 승리의 길이 있는 것을 깨달아야 한다. 사실 영적인 신앙인이라면 모든 실패의 원인은 자신의 기도의 결핍에서 기인한다는 것을 깨닫는다. 기도 중에 답을 얻고, 기도 중에 정도를 택할 수가 있다. 무조건 무릎을 꿇고 엎드려 기도하면 모든 일이 순조롭게 되는 것이 아니다. 어디에서 내가 실패를 하였는가? 전보다 더 기도하였는데 왜 그럴까? 선한 결심만으로 실패의 원인을 알고 정답을 찾고 승리하는 것이 아니다. 먼저 자신의 부족함과 교만을 회심을 하고 간절히 매달릴 때 결과를 얻을 수가 있다고 믿는 사람이다. 자신의 가장 부끄럽고 연약한 부분을 내어놓고 매달리라는 뜻이다.

때로는 필자가 글을 쓸 때에도 배가 부르고 안락하며 물질적으로 부족함이 없을 때에는 어떠한 문학 장르라도 독자를 감동시킬 수 있는 작품을 쓸 수가 없었다. 하물며 바닥을 친 삶의 승리를 위하는데 자신이 안락한 가운데 진정한 간절한 기도가 될 수는 없는 것이다. 믿음으로 하는 참 기도에는 반드시 응답이 온다는 것을 믿어야 한다.

우리는 무엇을 위해? 무엇을 얻으려고 애를 쓰는가? 인생의 진정한 목표가 무엇인가? 우리는 지위나, 명예나, 권세를 구하지 말자. 우리의 풍성한 삶의 성공 열쇠는 기도이며, 믿음은 목표를 이루는 것과 승리하는 길이며 우리의 결단에 있다는 것을 명심하자. 온 마음을 깨끗이 하여 믿음으로 간구하는 기도는 결코 실패하지 않는다.

무릎으로

열정으로 온 힘을 다해 살다가
당신이 제 이름을 부르시는 날
기쁨으로 달려가게 하소서!!

부족과 연약을 깨닫고
높은 곳보다 낮음을 찾게 하시고
무릎으로 세미한 당신의 뜻을
더욱 절실하게 알게 하소서!!

무릎으로

끝나지 않은 인생길

염규식 수필집

2022년 1월 7일 초판 1쇄
2022년 1월 12일 발행
2022년 1월 21일 2쇄
2022년 1월 24일 2쇄 발행
2022년 5월 17일 3쇄
2022년 5월 20일 3쇄 발행
지 은 이 : 염규식
펴 낸 이 : 김락호
디자인 편집 : 이은희
기 획 : 시사랑음악사랑
연 락 처 : 1899-1341
홈페이지 주소 : www.poemmusic.net
E-Mail : poemarts@hanmail.net

정가 : 12,000원
ISBN : 979-11-6284-340-6

저작권자와 맺은 특약에 따라 검인은 생략합니다.
잘못된 책은 교환해 드립니다.